INTRIGAS Y MISTERIOS

Mirko Giovagnoli

Primera edición: octubre 2024

©Derechos de edición reservados.

Designer Pro
info@dspro.es
Colección: Narrativa

©MirkoGiovagnoli
Maquetación: Ana Torres Marín
Diseño de cubierta: Ana Torres Marín

ISBN: 9798345956588

Ninguna parte de esta publicación, incluido el diseño de cubierta, puede ser reproducida, almacenada o transmitida de manera alguna ni por ningún medio, ya sea electrónico, químico, mecánico, óptico, de grabación, en internet o de fotocopia, sin permiso previo del editor o del autor.

El editor no tiene por qué estar de acuerdo con las opiniones del autor o con el texto de la publicación, recordando siempre que la obra que tiene en sus manos puede ser una novela de ficción o un ensayo en el que el autor haga valoraciones personales y subjetivas.

Cualquier forma de reproducción, distribución, comunicación pública o transformación de esta obra solo puede ser realizada con la autorización de sus titulares, salvo excepción prevista por la ley. Diríjase a CEDRO (Centro Español de Derechos Reprográficos) si necesitas fotocopiar o escanear algún fragmento de esta obra (www.conlicencia.com; 917021970/932720447)

IMPRESO EN ESPAÑA - UNIÓN EUROPEA

PRÓLOGO: EL SILENCIO DEL VIENTO

En la densa calima que envolvía la ciudad de *La Orotava*, el viento parecía llevar consigo un secreto.

La *Villa Victoria*, abandonada durante años, se erguía como un monolito oscuro, sus cristales rotos escudriñaban las calles desiertas como los ojos de un depredador a la espera.

El inspector *Alejandro Vargas* estaba a punto de entrar, guiado sólo por una pista dejada por un anónimo: «La verdad está en el silencio del viento».

Había pasado toda la noche reflexionando sobre estas palabras, pero no lograba comprender su significado. La villa, que había sido propiedad del misterioso aristócrata *Edgardo Bethancurt,* ocultaba más de lo que mostraba.

El comisario se adentró en el lugar, la puerta crujió al abrirse, el olor a polvo y humedad golpeó su nariz. Atravesó habitaciones desoladas, cada una aparentemente inalterada por el tiempo, hasta que llegó a una biblioteca. Allí, un viejo libro de cuero negro apoyado en un atril, como si le estuviera esperando. Hojeó las páginas amarillentas y encontró un diario escrito a mano. Sus entradas eran confusas, pero un pasaje era claro: «*El verdadero asesino nunca es quien parece ser*». Un escalofrío le recorrió la espalda. La revelación parecía demasiado simple, pero los acontecimientos que siguieron en la isla de *Tenerife* pronto le darían una nueva perspectiva. El comisario dio media vuelta, pero notó un cambio.

El viento, que antes parecía una presencia amenazadora, ahora estaba en silencio. El silencio era opresivo, como si la villa hubiera absorbido todos los sonidos. De repente, un ruido procedente del piso superior lo sobresaltó. Subió las escaleras, el suelo crujía bajo sus pasos. Cuando llegó al último piso, encontró una habitación sellada. Con un violento golpe, forzó la puerta. La habitación estaba vacía, excepto por un gran espejo de cuerpo entero apoyado en la pared. El reflejo de Vargas estaba distorsionado, como si la imagen luchara por mantenerse estable. Lo más inquietante era una figura detrás de él, una silueta indistinta que parecía moverse lentamente. Vargas se dio la vuelta, pero no había nadie. Volvió a mirar el espejo y la figura se acercó. El comisario de la Guardia Civil comprendió que el secreto no estaba en el viento, sino en la ilusión de su reflejo.

De repente, una voz susurró desde la nada:
«*La verdad se refleja en el silencio*». Vargas vio desaparecer la figura del reflejo.

Ahora comprendía que el misterio no estaba en la villa, sino en la sombra que le acechaba.

Cuando salió de la villa, el viento comenzó a soplar de nuevo, trayendo consigo sólo el sonido del silencio.

LAS SOMBRAS DEL LEPROSARIO

En el siglo pasado, en la isla de Tenerife, las familias nobles vivían en una sociedad aislada y decadente, marcada por tradiciones arcaicas y secretos inconfesables. El aislamiento de la isla dio lugar a prácticas distorsionadas y al incesto perpetuo entre familias, lo que generó una serie de nacimientos de niños con graves malformaciones y enfermedades. Cuando nacía un niño con malformaciones, la ley no permitía piedad alguna.

Los padres, temiendo el escándalo y las consecuencias sociales, sólo encontraron una salida: llevar al niño a la leprosería del sur de la isla, un lugar regentado por las *monjas Ursulinas,* donde la muerte de los niños estaba asegurada con el pretexto de curar la lepra.

Décadas más tarde, el comisario Alejandro Vargas, dedicado a la investigación, es llamado para investigar una serie de inquietantes descubrimientos. Durante las obras de renovación de un antiguo convento abandonado, aparecen huesos humanos enterrados en un sótano oculto. Vargas, conmocionado por el descubrimiento, sospecha que hay algo siniestro detrás de las muertes de estos individuos. La investigación de Vargas le lleva a un oscuro y peligroso viaje al pasado de la isla. Descubre que los huesos pertenecían a niños con malformaciones, cuyos cuerpos habían sido llevados a la colonia de leprosos y enterrados en secreto.

El testimonio de las monjas ursulinas revela que, bajo el velo de la piedad religiosa, se ocultaba una verdad escalofriante: las religiosas eran cómplices de un sistema de supresión de niños, operado para proteger la reputación de las familias nobles. Vargas se encontró con documentos secretos y cartas del abad, antiguo administrador del lazareto, que era también el principal orquestador de la red de supresión. *Monseñor Pablo* había utilizado su posición de poder no sólo para encubrir las malformaciones de los niños, sino también para manipular e intimidar a cualquiera que pudiera amenazar su tenebroso sistema.

Siguiendo el rastro dejado por Pablo, Vargas descubre que el sacerdote contaba con una red de aliados entre las familias nobles y les había extorsionado grandes sumas de dinero para mantener el silencio y ocultar pruebas. Con cada descubrimiento, Vargas se acerca más y más a la verdad, pero también a los peligros que podrían poner en riesgo su vida. Se enfrenta a una serie de peligros e intrigas mientras intenta desenmascarar la verdad y llevar a los culpables ante la justicia. La investigación le lleva a un enfrentamiento final con los descendientes de monseñor Pablo, que están dispuestos a todo para mantener intacta su oscura herencia y proteger el nombre de la familia. La verdad, cuando finalmente se revela, es devastadora. La leprosería de Monseñor Pablo no era sólo un lugar de muerte, sino un símbolo de la corrupción y la hipocresía que invadían toda la isla. Alejandro Vargas, al tiempo que saca a la luz el terrible secreto, debe enfrentarse a las consecuencias de sus descubrimientos y a la realidad de un mundo donde la justicia no siempre es justa.

ASESINATO EN EL CONCIERTO

La ciudad de Tenerife se bañó en un mar de aplausos y flashes a medida que el concierto de la gran orquesta se acercaba a su clímax. *Leire Morales,* arpista de extraordinario talento, fue la pieza central de la velada, su solo se esperaba con impaciencia. Con una sonrisa radiante y una gracia innata, Leire se preparó para su pieza final.

La tensión era palpable entre las filas de la orquesta. *Mirella Ruiz*, la violinista de belleza glacial, miró a Leire con una mirada que delataba una furia mal disimulada. Sus ojos verdes parecían proyectar sombras de venganza mientras la arpista se acercaba al momento crucial de su solo.

El joven pianista, *Javier Soto*, hijo del rector del conservatorio, estaba sentado ante su instrumento con expresión distante, aunque su corazón estaba sin duda lleno de emociones secretas. Su amor por Leire era conocido por pocos, pero permanecía insatisfecho, al igual que el talento de Leire, que brillaba como una estrella inalcanzable.

Cuando Leire se acercó al pedal del arpa, la orquesta estaba en perfecta armonía. Pero lo que parecía una velada perfecta se convirtió en una pesadilla. Con un gesto decidido, Leire activó el pedal para cambiar el tono del instrumento. De repente, las 47 cuerdas del arpa se agitaron como serpientes furiosas, desgarrando la cara y las manos de la joven artista en un torbellino de sangre y dolor. La orquesta se detuvo en silencio y Leire fue trasladada al hospital. Desgraciadamente, a pesar de todos los esfuerzos de los médicos, murió pocas horas después a causa de sus graves heridas.

El Comisario Vargas, conocido por su aguda perspicacia y determinación, se hizo cargo del caso con gran prontitud. Analizando la grabación del último concierto, descubrió una rareza: antes de activar el pedal, Leire había tocado tres notas fuera de lugar - *mi, re, la* - que no pertenecían a la pieza interpretada. Sólo después de estas notas había utilizado el pedal, creando una secuencia de sonidos que correspondía al nombre de «Mirella». si se lee como un anagrama. Vargas se centró en esas notas y su posible conexión con el asesinato.

También recordó las palabras de un testigo presencial: Leire, antes de accionar el pedal, había visto a Mirella hacer un gesto amenazador, una señal inequívoca de odio. La tensión entre las dos mujeres era conocida por todos. Mirella, que no soportaba la idea de ver a Leire en el centro de atención, siempre había albergado un profundo resentimiento. Vargas interrogó rigurosamente a Mirella, observando que la violinista tenía un comportamiento nervioso, pero su coartada parecía sólida.El comisario no se dejó engañar. Siguió investigando y descubrió que Mirella, en venganza por lo que consideraba un agravio personal, había planeado un sabotaje. Utilizando sus conocimientos de música y de arpa, había manipulado el pedal para provocar un desastre. Las tres notas tocadas por Leire antes de usar el pedal habían sido un mensaje críptico destinado a revelar a su asesino. En el momento en que Vargas arrojó luz sobre el plan de Mirella, se reveló el cuadro completo: la violinista había planeado el asesinato con precisión, dejando pistas que sólo una mente aguda podía descifrar. Mirella fue detenida y acusada de asesinato. La tragedia que había golpeado al mundo de la música estaba ahora resuelta, pero la sombra de aquel terrible concierto seguía planeando sobre las vidas de quienes habían participado en él. Para Tenerife y la orquesta, sólo quedaba el recuerdo de una velada que había convertido la belleza en horror.

EL ULTIMO TURISTA

La isla de Tenerife, un remoto rincón en el Atlántico, era conocida por su belleza natural y sus oscuras leyendas. Cada año, miles de turistas viajaban hasta allí para explorar sus playas vírgenes y sus misteriosas cuevas. Pero en los últimos años, un inquietante número de visitantes había desaparecido sin dejar rastro. El inspector Alejandro Vargas, de la Guardia Civil, había sido designado para investigar, pero todas las pistas parecían conducir a un callejón sin salida.

El punto de inflexión llegó cuando un viejo excursionista, que había sobrevivido a un accidente en una cueva, informó de que había visto una extraña luz procedente del interior de una cueva inexplorada. Vargas, armado con una grabadora y acompañado por un equipo de expertos, se aventuró hacia la cueva. La cueva era vasta y húmeda, con paredes cubiertas de musgo y estalactitas colgando ominosamente. Tras horas de marcha, Vargas y su equipo se encontraron frente a una gran abertura que conducía a una cámara subterránea. La escena que se presentaba era de pesadilla: un vasto espacio dominado por máquinas de tortura medievales.

Entre las sombras de la caverna, Vargas pudo distinguir claramente varias máquinas de tortura: el *«caballete»*, una estructura de madera sobre la que se tendía a los prisioneros y torturaban, y el *«torno»*, un dispositivo con el que se enrollaba lentamente a las víctimas, causándoles un dolor insoportable. También estaba la *«silla española»*, una silla de madera con pinchos metálicos diseñada para infligir torturas atroces. La visión de estos instrumentos, cubiertos de óxido y sangre seca, bastaba para helar la sangre en las venas.

Vargas, sin perder la calma, ordenó a sus hombres que mantuvieran los ojos abiertos. La caverna ocultaba más de lo que habían imaginado. Al fondo, oculto tras un rincón oscuro, había un pequeño laboratorio. Entre los papeles esparcidos y los macabros instrumentos, un diario llamó la atención de Vargas. El diario pertenecía a un hombre llamado *Hugo De La Cruz*, descendiente directo del tristemente célebre *marqués De Sade*. Las páginas describían con todo lujo de detalles los métodos de tortura y los motivos de placer sádico, revelando también el odio del autor por el mundo exterior y su deseo de perpetuar una tradición de crueldad. Mientras Vargas examinaba el diario, se oyó un ruido repentino e inquietante procedente de un rincón de la caverna. Vargas y su equipo se giraron bruscamente y se encontraron de frente con Hugo De La Cruz, que estaba preparando un nuevo dispositivo de tortura. Pero cuando el inspector se acercó para detenerlo, Hugo se volvió con una sonrisa maligna y un siseo de locura. Sin previo aviso, el hombre se abalanzó hacia una pared oculta, revelando un pasadizo secreto.

Hugo, con sorprendente habilidad, se precipitó por el túnel excavado en la montaña, desapareciendo rápidamente en la oscuridad. Vargas y su equipo, sorprendidos e impactados, intentaron perseguirle, pero el pasadizo era estrecho y tortuoso. El túnel serpenteaba profundamente bajo la montaña, y cualquier intento de seguir a Hugo parecía cada vez más difícil. Finalmente, cuando los policías llegaron a una salida, se encontraron con un paisaje desolador: el túnel terminaba en una zona remota y desierta, sin rastro de Hugo. El asesino en serie había conseguido escapar, dejando tras de sí sólo caos y miedo. Aunque el caso parecía resuelto con la detención del culpable, Vargas sabía que la amenaza no había desaparecido del todo. Hugo De La Cruz estaba libre y, con su vasta red de escondites y túneles, sería difícil atraparlo de nuevo. Su huida dejaba una sombra ominosa en la isla de Tenerife, y Vargas sabía que el verdadero trabajo no había hecho más que empezar. Hugo corría entre las sombras, con el corazón golpeándole el pecho.

El ruido de sus zapatos sobre el pavimento húmedo parecía amplificarse en la noche, y su respiración se hacía cada vez más agitada. De vez en cuando, una farola parpadeante iluminaba brevemente la calle, revelando los contornos fantasmales de edificios abandonados. Detrás de él, el eco de los pasos se acercaba cada vez más, y Hugo podía sentir la tensión en el aire. De un salto, se escondió detrás de un viejo desguace de coches, con el rostro pálido y sudoroso. Desde allí pudo distinguir a lo lejos una figura que se movía con una precisión espeluznante. Sus perseguidores parecían conocer el terreno mejor que él. Un ruido metálico hizo saltar la alarma de Hugo. Levantó la vista y vio una máquina compactando coches viejos, los pistones en marcha se movían lentamente, como si estuvieran esperando el momento oportuno para aplastar.

Sus pensamientos se agitaban: tenía que encontrar un refugio seguro, pero no sabía adónde ir.

Las laberínticas calles parecían siempre iguales, cada esquina un posible escondite pero también un peligro potencial. Intentó pensar como sus perseguidores: si quisieran atraparle, ¿dónde buscarían? Pensó en la vieja estación de autobuses en desuso, no muy lejos de allí, un lugar que poca gente conocía y que, en teoría, podría haberle ofrecido una vía de escape.

Mientras se dirigía a la estación de autobuses, sus sentidos estaban alerta. Cada ruido, cada crujido le alertaba. Entró en la estación por una puerta corredera rota y se adentró en la oscuridad, en un silencio opresivo y en el suelo cubierto de polvo y basura De repente, oyó un crujido procedente del pasillo principal.

La luz de una linterna brilló ante sus ojos. Alguien había entrado. Hugo se escondió detrás de una pila de cajas viejas y contuvo la respiración. La antorcha iluminó los contornos de las paredes, creando sombras espeluznantes.

En medio de la oscuridad, Hugo sintió la presencia de alguien a pocos pasos de él. Tenía que actuar con rapidez. Con una expresión de desesperación, se volvió hacia el taller de demolición. La mente de Hugo estaba abrumada por su propia obsesión con la tortura medieval: las máquinas de la muerte que había utilizado con sus víctimas le atormentaban y ahora él mismo se encontraba en una pesadilla similar. Con el miedo paralizándole, Hugo se acercó a la máquina. Sabía que era su última invención macabra y, en un momento de locura, decidió utilizarla Pulsó frenéticamente los botones, pero la máquina parecía resistirse. En ese momento entró en el taller el comisario Vargas, con el rostro tenso por la determinación. «¡Hugo!», gritó el comisario. «¡Se acabó!» Hugo, cegado por la desesperación, accionó la palanca del compactador. Un ruido infernal llenó el aire cuando los pistones empezaron a moverse. La máquina empezó a comprimir las carrocerías, y Hugo, en su estado de locura, se acercó al mecanismo, empujando la palanca al máximo y se lanzó entres las fauces de acero. La presión aumentó rápidamente. Hugo se vio abrumado por el ruido y la fuerza de la máquina, incapaz de encontrar una salida. La máquina compactadora siguió moviéndose y, en un momento de comprensión, Hugo se dio cuenta de que no había escapatoria. Su cuerpo fue aplastado con un estruendo insoportable, mientras que Vargas lo observó con una mezcla de tristeza y determinación.

La compactadora siguió funcionando, y el silencio volvió a reinar en la escena, sólo roto por el ruido de la máquina triturando los últimos restos de Hugo, marcando el final de una caza despiadada.

EL LLANO DE UCANCA

El aire claro de la mañana en la isla de Tenerife ocultaba la tensión que se respiraba en el *volcán Teide*.

El comisario Alejandro Vargas y su equipo habían llegado al lugar después de que una pista anónima les condujera a la meseta endorreica llamada *«Llano de Ucanca»*, una explanada rocosa llena de lava volcánica pulida por los años en la ladera occidental del Teide.

El hallazgo de restos humanos enterrados en un remoto rincón del volcán había abierto una herida en el pasado de Tenerife.

María Espinosa, una anciana con el rostro marcado por el tiempo y el dolor, había observado el descubrimiento con aire tranquilo e inquieto. Su nieto, *Javier,* un joven con síndrome de *Asperger*, la seguía de cerca. Javier era un experto en historia y tenía una memoria prodigiosa. Se decía que había estudiado hasta el último detalle del conflicto civil español. El comisario Vargas notó la ansiedad en los movimientos de María. La mujer parecía reacia a abandonar el lugar y respondía a las preguntas con evasivas. Cuando le preguntaron por el motivo de su visita, explicó que buscaba rastros de sus antepasados, pero su respuesta estaba demasiado preparada.

En los días siguientes, el equipo de investigación descubrió que los restos pertenecían a miembros de una familia republicana asesinada décadas antes por una facción falangista. La investigación se centró inmediatamente en una familia local, los *Romero*, conocida por su largo historial de apoyo al régimen fascista.

Sin embargo, a medida que avanzaba la investigación, se produjeron una serie de muertes misteriosas entre los miembros de la familia Romero, cada una de ellas en circunstancias inquietantes y aparentemente aleatorias. Un incendio que destruyó la casa de uno de ellos, un accidente de coche mortal, una caída accidental por un acantilado. Los miembros de la familia habían desaparecido uno tras otro, dejando sólo una sombra de miedo y sospecha.

Vargas, junto con su equipo, sospechaba que existía un vínculo entre estas muertes y el hallazgo de los restos. El elemento común entre las víctimas era un vínculo directo con el pasado de la familia *falangista*. Cada muerte había tenido algo que ver con el entierro de los republicanos y la consiguiente oscuridad de sus crímenes.

Las investigaciones de Vargas condujeron a María Espinosa, que siguió interesándose especialmente por la desaparición de los Romero. La mujer y su sobrino, Javier, tenían una coartada débil para cada muerte, pero su presencia en todos los lugares de las tragedias era demasiado sospechosa para ser ignorada. La verdad salió a la luz cuando Vargas descubrió que María, con la ayuda de Javier, había orquestado las muertes de la familia Romero como parte de una venganza de décadas. María y Javier, movidos por el deseo de justicia para sus antepasados republicanos, habían planeado meticulosamente las muertes para eliminar a todos los descendientes de la familia.

Cada muerte se diseñó para que pareciera un trágico accidente, pero el verdadero propósito era eliminar por completo a los descendientes de sus enemigos.

El último miembro de la familia Romero, un hombre mayor y enfermo, fue encontrado muerto de un aparente ataque al corazón, poco antes de la detención de María y Javier. Su confesión reveló la complejidad y crueldad de su plan. María, ya resignada, explicó que su venganza no era sólo por el pasado, sino para asegurarse de que ningún heredero de la familia Romero quedara vivo para perpetuar el dolor y la represión. Con la detención de María y Javier, Tenerife volvió a quedar en silencio, pero la cicatriz de la verdad permaneció en el corazón de la isla, recordándonos que algunas venganzas, aunque estén justificadas, tienen un alto coste y dejan marcas indelebles en el tiempo y en la memoria colectiva.

HORROR EN LA PLAYA

El comisario Alejandro Vargas estudió el expediente de *Laura Gastón* con creciente preocupación. La desaparición de la mujer belga, que desapareció con su marido *Marc Francis* en abril, había conmocionado a Tenerife. El macabro hallazgo de los restos de Laura, encontrados desmembrados y con una bolsa de plástico sobre la cabeza cerca del Pirs el 20 de junio, había suscitado inquietantes interrogantes.

Vargas sabía que el caso era más complejo de lo que parecía a primera vista y decidió profundizar. Los interrogatorios comenzaron con Marc, un hombre conocido por su secretismo y frialdad. Su aparente calma durante los interrogatorios levantó sospechas. Los vecinos se habían percatado de la repentina desaparición de Marc y Laura, y un testigo declaró haber visto una acalorada discusión entre ambos cerca del muelle poco antes de su desaparición. Esta pista parecía crucial e indicaba un posible conflicto entre marido y mujer que merecía una investigación más profunda. Vargas ordenó un análisis exhaustivo del testamento de Laura y Marc y descubrió que ambos habían realizado cambios significativos poco antes de su desaparición. Marc lo había heredado todo, una revelación que hizo sospechar de un posible móvil de asesinato.

La tranquilidad con que Marc aceptó la situación y su aparente indiferencia ante el dolor y la pérdida de su esposa eran elementos que no cuadraban. El equipo de investigación localizó al notario que había redactado el nuevo testamento.

Al ser interrogado, el notario confirmó que Marc había realizado los cambios poco antes de su desaparición.

Sin embargo, surgió un detalle crucial cuando el notario reveló que Marc tenía un hijo secreto en Tenerife, un joven que, sorprendentemente, tenía antecedentes penales.

Esta información parecía una pista más en la oscura trama del caso. El comisario Vargas decidió interrogar al hijo secreto de Marc, un joven llamado *Alex*, conocido por la policía por delitos menores relacionados con robos y estafas.

Alex se mostró nervioso y reticente, pero finalmente admitió estar implicado en un plan orquestado por Marc, el padre.

La verdad fue saliendo a la luz: Marc había planeado el asesinato de Laura no sólo para obtener la herencia, sino también para mantener en secreto la existencia de su hijo y proteger sus bienes. Alex confirmó que Marc le había involucrado en el plan, prometiéndole parte de la herencia a cambio de su silencio y cooperación. El enfrentamiento entre Marc y Alex desembocó en una sorprendente confesión.

Marc, enfrentado a las pruebas y a las declaraciones de su hijo, admitió que había orquestado el asesinato para garantizarse un futuro tranquilo y sin complicaciones.

La motivación del asesinato había salido a la luz: una combinación de codicia y miedo a ser descubierto, que había conducido a un acto brutal y calculado.

Con la confesión de Marc y las pruebas suficientes que lo incriminaban, el caso de Laura Gastón quedó cerrado. Vargas reflexionó sobre lo complejo y polifacético que era el lado oscuro de la naturaleza humana. Cada detalle, cada pequeña incoherencia, había contribuido a revelar una verdad oculta tras una fachada de vida perfecta. Los miedos más profundos y los secretos más oscuros suelen esconderse tras las apariencias, y la verdad, por dolorosa que fuera, había surgido de los detalles más pequeños y de los pliegues más oscuros de la realidad.

P.S. *Basado en hechos reales*

LA ROMERIA

Salía el sol sobre el pintoresco *Santiago del Teide,* iluminando la animada romería. La plaza era un alboroto de colores, sonidos y olores de comida tradicional y ganado a la venta. El comisario Alejandro Vargas y su equipo se mezclaban entre la multitud, tras haber recibido una denuncia anónima de un posible crimen. Cuando se encontró el cadáver de *Manuel Torres* en su establo, estrangulado y con una nota amenazadora en la mano, la alegría de la fiesta se convirtió en miedo.

Manuel, un criador muy conocido en la zona, había recientemente adquirdo nuevas tierras, y se sospechaba que su riqueza había creado enemistades. Vargas y sus agentes empezaron a interrogar a habitantes y vendedores.

Todos hablaban de un tal *Javier González*, rival de Manuel, que había amenazado públicamente a Torres por las tierras que, según él, le pertenecían por derecho. Pero cuando Vargas lo encontró, el hombre estaba en compañía de su familia, claramente conmocionado y devastado por la noticia del crimen.

A medida que el equipo de Vargas investigaba, surgió un detalle curioso: Manuel había recibido la visita de un tal *Enrique Rodríguez*, un conocido especulador inmobiliario, unos días antes del asesinato. Enrique había intentado convencer a Manuel de que vendiera algunos de sus terrenos, pero se había negado. La investigación llevó a Vargas a descubrir que Enrique tenía un gran interés en comprar las tierras de Manuel, pero Enrique estaba lejos en el momento del asesinato, confirmado por testigos. Sin embargo, Vargas se fijó en un detalle extraño: la nota encontrada en la mano de Manuel no parecía escrita por un delincuente habitual.

Era demasiado elaborada, como si hubiera sido escrita con cierto formalismo.

En medio de la fiesta, Vargas recibió una llamada inesperada: la nota amenazadora había sido escrita con un bolígrafo particular, recién comprado en una papelería local. Comparando la lista de clientes, Vargas descubrió que un joven, *David Peña,* que trabajaba en la misma papelería, había comprado dicho bolígrafo.

David, al ser interrogado, reveló una verdad espeluznante: había participado en un plan con Enrique para adquirir las tierras de Manuel.

Enrique, que necesitaba un chivo expiatorio, había manipulado a David para que pareciera que Manuel había sido amenazado porsu viejo rival González.

David, asustado y confuso, había escrito la nota bajo presión, pero la idea de asesinar a Manuel no era suya. Finalmente se descubrió al verdadero culpable: Enrique Rodríguez, que había orquestado el crimen para obtener el terreno a precio reducido. La verdad quedó clara cuando Enrique finalmente lo confesó todo en una desesperada admisión de culpabilidad. Manuel no había muerto por una venganza personal, sino por un cínico y frío cálculo especulativo. Con el caso resuelto, la romería retomó su curso, pero la fiesta de
Santiago del Teide nunca volvería a ser la misma, al haberse revelado el lado oscuro de un horrible crimen.

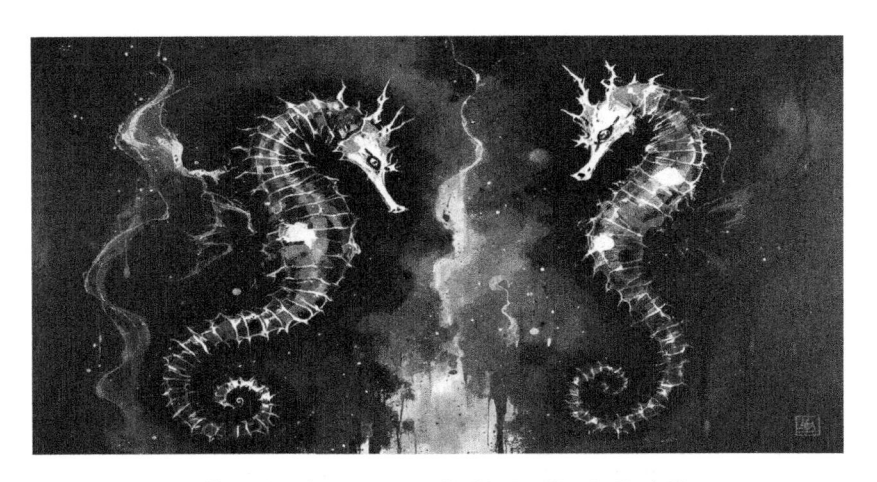

CABALLITOS DE MAR

El cielo del atardecer envolvía Tenerife en una luz dorada mientras el comisario Alejandro Vargas y su equipo se situaban a lo largo de la *costa de Adeje.*

Una serie de extraños sucesos habían llamado la atención de la policía: dos personas habían desaparecido misteriosamente, ambas relacionadas con búsquedas marinas, y una leyenda local hablaba de un legendario caballito de mar, el *Hippocampus.*

Según la historia, el hipocampo era una criatura mítica capaz de conservar la memoria de los lugares donde se encontraba. Se decía que los corales de la zona guardaban los secretos de los antiguos guanches de pesca, y los hipocampos eran considerados guardianes de ese conocimiento. Durante una inmersión rutinaria para recoger datos sobre los corales, el biólogo marino *Dr. Sergio Ruiz* y su ayudante, *Lucía,* habían desaparecido sin dejar rastro. El equipo de Vargas descubrió que ambos estaban investigando un antiguo buque sumergido, supuestamente relacionado con la leyenda del Hipocampo. Se sabía que los restos eran de un antiguo barco pesquero que se había hundido tras descubrir algo valioso.

Un día, Vargas recibió una llamada de un viejo pescador, *Don Mateo*, que afirmaba haber visto un caballito de mar particularmente grande y brillante cerca de los restos del buque. Durante su investigación, Vargas encontró un archivo cifrado en el PC del Dr. Ruiz. Las últimas entradas indicaban un descubrimiento sensacional: una conexión entre el caballito de mar y una antigua forma de «memoria Ram» enterrada con el buque. El equipo regresó al lugar del naufragio y encontró en una bodega secreta un antiguo cofre custodiado por corales y una población de caballitos de mar. Dentro del cofre, en lugar de un tesoro material, encontraron una serie de documentos y pergaminos que contaban la historia de una antigua sociedad guanche que había planeado preservar sus conocimientos a través de un «archivo viviente» de caballitos de mar. El misterio se profundizó cuando

Vargas descubrió que el Dr. Ruiz y Lucía estaban intentando descifrar los pergaminos para descubrir el secreto del Hipocampo. Sin embargo, su búsqueda les puso en peligro, ya que fueron secuestrados por una red de buscadores de tesoros sin escrúpulos que pretendían apoderarse de los documentos.

Con la ayuda del pescador, Vargas y su equipo consiguieron liberar a los investigadores. Se supo que los secuestradores habían actuado para obtener información que les permitiera explotar la leyenda con fines ilícitos.

El caso se cerró con la devolución de los documentos a la comunidad científica y la protección de los corales y las especies marinas locales. Los caballitos de mar siguieron siendo los guardianes silenciosos de antiguos secretos, mientras que el hipocampo continuó representando un símbolo de la memoria y el conocimiento tanto en la mitología como en la ciencia.

El misterio del Hipocampo y sus recuerdos seguían siendo una leyenda, pero la acción de Vargas había devuelto la seguridad y la verdad a la pequeña comunidad de Tenerife, manteniendo intacta la magia de los caballitos de mar y su vínculo con el pasado.

SUICIDIOS

La ciudad de *San Cristóbal de La Laguna,* con sus callejuelas empedradas y sus antiguas residencias nobiliarias, estaba envuelta en una atmósfera de encanto y secretos. Entre sus residencias históricas destacaba la *Casa Lercaro*, un elegante edificio del siglo XVIII, conocido no sólo por su belleza arquitectónica, sino también por una inquietante leyenda que la había envuelto durante más de dos siglos.

La historia de *Catalina Lercaro*, una noble que se suicidó en 1800, y de su fantasma que, según se decía, seguía influyendo en las tragedias de la ciudad.

En el corazón de la Casa Lercaro, las habitaciones parecían hablar de un pasado turbulento. Los muebles antiguos, los retratos descoloridos y las alfombras gastadas eran testigos de una historia que se confundía entre la realidad y la leyenda. La leyenda contaba que Catalina, oprimida por la desesperación y el aislamiento, había decidido poner fin a su vida en una de las habitaciones más frías de la casa en una noche de luna nueva. Los acontecimientos comenzaron a precipitarse cuando un grupo de estudiosos e investigadores paranormales, encabezados por el comisario Alejandro Vargas, se aventuraron en la Casa Lercaro con la intención de desentrañar el misterio. Vargas, conocido por su racionalidad y su enfoque científico de las investigaciones, era escéptico respecto a los fantasmas, pero no podía ignorar los numerosos informes de suicidios inexplicables que parecían estar relacionados con Catalina. Era una tarde de invierno cuando el equipo de Vargas se trasladó a la Casa Lercaro. La temperatura había bajado y en el interior de la casa se respiraba una tristeza palpable.

La investigación comenzó con la exploración de las distintas estancias: el gran salón, el jardín interior y, por último, la habitación donde, según la leyenda, Catalina había encontrado la muerte.

La primera noche fue tranquila, con sólo el susurro del viento colándose por las antiguas ventanas. Pero la segunda noche, cuando la luna iluminó el cielo, algo inquietante empezó a manifestarse. Los miembros del equipo empezaron a oír susurros indistintos y a ver sombras que se movían en la penumbra. Vargas, armado con grabadoras y cámaras, intentó captar cualquier prueba tangible.

El quid de la investigación llegó cuando el equipo descubrió un antiguo diario de Catalina, oculto en una trampilla bajo una alfombra antigua. Las páginas amarillentas revelaban una mente atribulada, marcada por la pérdida de un amor imposible y la presión de las expectativas sociales. Catalina escribió sobre un creciente sentimiento de desesperación y soledad, que culminó en la decisión de poner fin a su vida.

Al leer el diario, el comisario Vargas se dio cuenta de que su trágico final había dejado una profunda huella, no sólo en la Casa Lercaro, sino también en las almas sensibles que se acercaban a ella.

La leyenda decía que el fantasma de Catalina, en busca de consuelo o venganza, influía en los más vulnerables, lo que les llevaba a realizar actos extremos.

Vargas y su equipo analizaron casos recientes de suicidio y descubrieron que muchas de las víctimas habían tenido contacto con la Casa Lercaro o se habían sentido atraídas por su historia.

La verdad que surgió no fue la de un fantasma en busca de venganza, sino la de una energía residual, un eco del dolor que había pasado a través del tiempo.

Vargas llegó a la conclusión de que el mito de Catalina Lercaro estaba alimentado por la misma tristeza y desesperación que ella había conocido, una fuerza que seguía influyendo en quienes se acercaban demasiado a su atormentado pasado. La Casa Lercaro seguía siendo un lugar de fascinación e inquietud, un recuerdo de una época pasada y de una mujer que, incluso en la muerte, había encontrado una forma de conectar con el mundo, a través de los lazos invisibles del dolor y la desesperación. Vargas salió de la casa con una nueva idea: que los fantasmas a veces son sólo las sombras de emociones no resueltas, y que el tiempo no siempre cura, sino que puede amplificar las heridas del alma...

PARRICIDIO

La separación entre *Mario y María* se había convertido en una tragedia en la que el rencor y la venganza se habían apoderado de todo. Sus dos hijas, *Eli,* de un año, y *Ester*, de seis, quedaron en medio de un conflicto familiar cada vez más insoportable.

María había encontrado consuelo en *Carlos,* un hombre que parecía representar todo lo que Mario ya no era: amable, cariñoso y atento con las niñas.

Cuando la custodia de sus hijas fue confiada a María, Mario no pudo soportar la idea de perderlas. En su mente, la venganza se convirtió en la única forma de equilibrar la balanza de su ira y su dolor. Ideó un plan diabólico, convencido de que sólo a través del sufrimiento podría encontrar la paz.

Una noche, aprovechando que aún conservaba las llaves de su antigua casa, Mario consiguió colarseen ella y secuestrar a las dos niñas dormidas, inocentes y ajenas al peligro, encerrándolas en un baúl. Con el corazón frío y sin remordimientos, Mario llevó el baúl hasta la casa de su padre, un anciano que vivía en un lugar aislado. Una vez allí, Mario cometió lo irreparable: mató a las niñas y las metió en bolsas de deporte y de basura. Su plan era arrojar los cuerpos al mar, en un lugar de profundidad inaccesible, para hacerlos desaparecer para siempre. Con la embarcación familiar, navegó a mar abierto, donde habría unos mil metros de profundidad.

El comisario Alejandro Vargas, encargado de la investigación, siguió la pista del caso con dedicación. Utilizando los recursos del *Instituto*

Hidrológico y Geográfico de la Armada, consiguió localizar uno de los cuerpos: Ester, la hija mayor, fue hallada en el fondo del mar. Pero la pequeña Eli, que había sido encerrada en una bolsa, nunca fue encontrada. Probablemente, las corrientes y la fauna marina habían dispersado la bolsa, haciendo imposible su recuperación.

La investigación de Vargas también permitió descubrir que Mario, al ser acorralado por la Guardia Civil, había utilizado un dispositivo de lastre para facilitar su plan, un cinturón con pesas de plomo para hundirse hasta las profundidades.

Sin embargo, los intentos de encontrar los cuerpos de Eli y Mario resultaron infructuosos.

La falta de fondos, con unos costes de búsqueda que rondan los 20.000 euros diarios, hizo imposible continuar las operaciones.

El caso sigue abierto, con el misterio de la pequeña Eli y su asesino planeando sobre el mar de Tenerife, una sombra espeluznante que perdura en la memoria de la isla.

P.S. Basada en hechos reales.

INFIERNO SOBRE TENERIFE

En la isla de Tenerife se produce cada año un desastre forestal de proporciones catastróficas: vastas zonas de vegetación autóctona son devastadas por incendios que parecen estallar sin explicación. La población está conmocionada y frustrada, pero nunca ha encontrado una explicación concreta. Todo cambia cuando las sospechas recaen sobre un enigmático pirómano. El comisario Alejandro Vargas, conocido por su aguda perspicacia y dedicación, es asignado para resolver el misterio de los incendios.

Vargas se muestra escéptico al principio, creyendo que se trata de accidentes causados por condiciones meteorológicas extremas y turistas torpes. Sin embargo, una serie de pistas le llevan a considerar una hipótesis más siniestra. Durante su investigación, Vargas descubre una conexión entre los incendios y las fases dela luna. Cada incendio parece estar planeado y llevado a cabo con precisión quirúrgica. Los testigos afirman haber visto una sombra misteriosa cerca de los lugares de los incendios poco antes de que estallaran. La sombra se asocia con un antiguo retiro ermitaño en el bosque, un lugar legendario que se cree que está habitado por un grupo de hombres misteriosos y recluidos. Vargas explora el retiro y descubre un diario en el que se recogen detalles de los rituales incendiarios realizados por el presunto pirómano, un hombre llamado *Manuel Torres,* conocido como '*El Fuego de la Luna*'. El diario revela que Torres es un hombre obsesionado con antiguas creencias relacionadas con la purificación a través del fuego y que cree que debe «purificar» la isla de sus pecados.

Para acercarse al sospechoso, Vargas se hace pasar por un investigador privado que busca la verdad detrás de las piras. Su investigación le lleva a descubrir que Torres tiene una red de cómplices que le ayudan a prender los fuegos mientras él se esconde en el retiro para evitar ser descubierto. Estos cómplices son personas que han sufrido injusticias o fracasos y que, desilusionadas con el mundo, han encontrado en el pirómano una causa por la que luchar.

La investigación de Vargas le lleva a una serie de peligrosos enfrentamientos y estratagemas para atrapar a Torres. Una noche de luna llena, Vargas y su equipo organizan una trampa para atrapar al pirómano mientras provoca otro incendio. El plan funciona parcialmente y Torres consigue escapar, pero Vargas encuentra elementos cruciales que le llevan a un enfrentamiento final con el pirómano en un bosque de la corona del Teide en llamas.

En un dramático enfrentamiento entre el comisario y Torres, Vargas consigue capturar al pirómano justo cuando el fuego amenaza con engullirlos. Con Torres detenido, Vargas descubre que el verdadero motivo de los incendios era una venganza personal de Torres contra quienes le habían traicionado en el pasado y que el incendio era un medio de llamar la atención sobre sí mismo y su causa.

Con la detención de Torres y el desmantelamiento de su red, la isla de Tenerife puede por fin empezar a recuperarse de los daños causados por los incendios anuales.

Vargas reflexiona sobre la compleja naturaleza de la venganza y las heridas que deja la destrucción mientras la isla comienza a reconstruirse y a recuperar su belleza natural.

EL NIÑO DESAPARECIDO

En el corazón de la aparente paz que siempre preserva la magnífica isla de Tenerife, el despacho del comisario Alejandro Vargas bullía con una energía tensa y palpable.

El comisario, un hombre de mediana edad con ojos afilados y un aire de determinación inquebrantable, estaba inmerso en la lectura de un informe urgente. La noticia había llegado a Tenerife con un retraso que no hizo sino complicar las cosas, Un niño de 12 años, *Félix*, había desaparecido misteriosamente mientras viajaba en el ferry hacia la isla de El Hierro para pasar una semana con sus abuelos. Vargas levantó la vista hacia la ventana, con el pensamiento anclado en el pequeño Félix. Ya había ordenado el inicio de la investigación y convocado a su equipo. Sin embargo, su inquietud se hizo más intensa cuando recibió una comunicación especial.

Una línea de contacto segura se activó en su auricular, señal de que su nuevo aliado estaba listo.

«*Comisario Vargas, ¿está en línea?*» La voz era la de Ricardo Ortega, el miembro más reciente del equipo: un ex policía que había tenido una brillante carrera hasta que, un trágico accidente durante una operación de narcotráfico le había dejado parapléjico. Ahora, Ortega operaba a través de un sofisticado sistema de comunicaciones, apoyando a Vargas en sus investigaciones desde su puesto en casa.

«*Ricardo, hola*», respondió Vargas.

«*Tenemos un caso difícil. Un niño desapareció en el ferry que iba al Hierro. Es hora de ponerse a trabajar*».

Ortega, desde su silla ergonómica equipada con varios monitores, se puso inmediatamente a consultar la información. «*Acabo de comprobar los registros del ferry. Félix era un pasajero registrado, pero nadie notó nada extraño*».

«*Sigue la ruta del ferry y comprueba si hubo algún informe de movimientos inusuales o denuncias de comportamientos sospechosos*», ordenó Vargas.

El equipo de investigadores experimentados y especialistas en criminología de Vargas se preparó para partir hacia el puerto. Estaba claro que la situación exigía actuación inmediata y coordinada. Sin embargo, la ausencia de pruebas concretas y de pistas iniciales hacían el caso aún más complejo.

Mientras tanto, el transbordador que llevaba a Félix al Hierro había sido inspeccionado a fondo, pero sin resultados significativos.

Las cámaras de seguridad habían grabado el trayecto sin detectar nada anormal.

«He encontrado algo», interrumpió Ortega con una nota de urgencia en la voz.

«Hay un pasajero que asegura haber visto a un niño deambulando solo cerca de la cubierta principal justo antes de que el ferry llegara al Hierro. Podría ser una pista a seguir».

Vargas tomó nota del detalle y ordenó al equipo que investigara ese testimonio. Sabían que el tiempo era un factor crucial y que cada minuto podía marcar la diferencia en la búsqueda de Félix. Continuando la investigación del ferry, Vargas y Ortega siguieron discutiendo posibles líneas investigativas.

El ambiente a su alrededor era tenso y la sensación de urgencia cada vez más palpable.

La tranquilidad de Tenerife, aparentemente inalterada, contrastaba dramáticamente con la intensidad de la situación que se estaba desarrollando.

El día avanzaba y las esperanzas de resolver el caso parecían desvanecerse poco a poco. Cada hora que pasaba, la presión aumentaba y la búsqueda de Félix se complicaba cada vez más. Vargas y Ortega sabían que tenían que actuar con rapidez para traer al niño sano y salvo a casa.

La desaparición de Félix no era sólo un enigma por resolver, sino una cuestión de vida o muerte.

Habían pasado las horas y la oscuridad empezaba a caer sobre Tenerife. La quietud del atardecer aún no había devuelto las respuestas esperadas. El comisario Vargas y su equipo estaban cansados, pero no se rindieron. La última actualización de Ortega

había proporcionado una nueva dirección: el hombre que había visto a Félix cerca de la cubierta principal del transbordador resultó ser un turista alemán llamado *Klaus Meier*. Meier había sido localizado e interrogado detalladamente. Sus declaraciones parecían sinceras, pero no aportaban ninguna información concreta sobre lo que le había ocurrido al niño después de verle.

Sin embargo, Vargas y Ortega no estaban dispuestos a desanimarse. Decidieron analizar en profundidad el perfil del turista y sus movimientos. «*Comisario, he encontrado algo interesante*».

Dijo Ortega, mientras ojeaba los datos en su pantalla descubriendo que Klaus Meier había hecho recientemente una reserva en un hotel cercano al puerto del Hierro.

«*Podría ser útil comprobarlo*».

Vargas y su equipo, se dirigieron al hotel del Hierro.

Allí, la investigación empezó a dar algunos frutos. El personal del hotel confirmó que Meier había sido huésped y que había abandonado el hotel repentinamente, poco después de la llegada del ferry. El testimonio de la recepcionista reveló que Meier había sido visto hablando animadamente con un hombre misterioso.

El comisario ordenó seguir la pista de este hombre misterioso.

Gracias a las cámaras de vigilancia del hotel y a los datos recogidos, se pudo identificar al sospechoso como un hombre llamado *Emilio Serrano,* conocido por sus vínculos con el crimen organizado. Serrano ya era conocido por las fuerzas del orden por sus actividades ilegales, y su conexión con el caso empezaba a tomar forma.

La investigación se centró rápidamente en Serrano. Vargas y su equipo empezaron a rastrear los lugares frecuentados por el hombre.

Con la ayuda de Ortega, que seguía la situación a distancia, encontraron una pista:

Serrano había sido visto en una zona periférica del Hierro, cerca de la ermita de la Virgen de los Reyes. El equipo de Vargas se dirigió inmediatamente a la montaña. Con cautela, entraron en la pequeña iglesia consagrada, procurando no hacer ruido.

El corazón les latía con fuerza y el ambiente estaba cargado de tensión. Las estatuas sagradas y los oscuros confesionarios ocultaban el misterio que intentaban resolver. Por fin, uno de los hombres del equipo, Victor, encontró una puerta oculta que conducía a la sacristía.

La puerta estaba cerrada con un pesado cerrojo y Vargas ordenó que la forzaran. Detrás de la puerta, en una habitación estrecha y oscura, encontraron a Félix, atado pero en buen estado. Estaba asustado pero vivo.

Félix fue liberado y puesto a salvo. Los rescatadores lo trataron con sumo cuidado mientras lo llevaban al hospital para su evaluación. Vargas y su equipo detuvieron a Serrano, que intentó defenderse con un relato confuso y contradictorio. Estaba claro que había secuestrado a Félix con la intención de pedir un rescate, pero el plan había salido mal. Con Félix a salvo y Serrano detenido, la misión parecía cumplida. Sin embargo, Vargas no olvidó la contribución crucial de Ricardo Ortega. Su experiencia y perspicacia habían desempeñado un papel crucial en la resolución del caso.

«*Gracias, Ricardo*», dijo Vargas mientras se disponía a cerrar la comunicación. «*No podríamos haberlo hecho sin ti*». «*Ha sido un placer ayudarle, comisario. Hasta el próximo reto*», contestó Ortega, en un tono de orgullo y satisfacción.

La tranquilidad de Tenerife volvía poco a poco, pero esta vez no era sólo una calma aparente.

Era la tranquilidad que sigue a la resolución de un caso complejo y al rescate de un niño.

Vargas y su equipo aún tenían mucho trabajo por delante, pero sabían que, con aliados como Ortega, estaban preparados para afrontar cualquier desafío.

LA AUTOCARAVANA

En plena noche, la isla de Tenerife estaba sumida en un inquietante silencio. El denso calor había dejado tras de sí un cielo gris y un aire irrespirable, la luna apenas iluminaba las calles desiertas. Alejandro Vargas, comisario de la guardia civil, se encontraba en su despacho, inmerso en una montaña de documentos y mapas. El caso del asesino en libertad le atormentaba.

Las víctimas habían sido encontradas en lugares aislados y los testigos habían informado de la presencia de una furgoneta camper blanca con una larga franja de color roja por la mitad, en las proximidades de los crímenes, pero el vehículo parecía desaparecer cada vez que la policía intentaba localizarlo.

Ortega, su colega en su silla de ruedas, era el único que podía mantener un contacto constante con Vargas gracias a sus avanzadas herramientas informáticas y a su capacidad para analizar datos complejos.

«Alejandro, tengo información actualizada sobre los movimientos de la caravana»,

Dijo Ortega a través del auricular, con voz tranquila pero tensa. *«He revisado los datos de los informes de avistamiento y parece que la autocaravana sigue una trayectoria bien definida, pero nunca parece pasar dos veces por el mismo sitio....»*.

«...Debemos encontrar la forma de predecir su próximo movimiento». *«¿Y cómo sugieres que lo hagamos?»*, preguntó Vargas con tono frustrado pero curioso.

«Examiné los datos e identifiqué un patrón en los movimientos de la caravana, el asesino secuestra a las víctimas en zonas turísticas y luego se refugia en zonas ocultas y remotas para llevar a cabo sus crímenes. Después, se traslada a lugares frecuentados por campistas para pasar desapercibido. Deberíamos centrar nuestra investigación en esos dos tipos de territorios para localizar el vehículo».

Con esta nueva información, Vargas empezó a examinar mapas de la isla para destacar las zonas que podrían corresponder a los lugares indicados. Al concentrarse en el sur de la isla, empezó a notar un modelo recurrente: el camper parecía moverse hacia lugares próximos a los márgenes de los pueblos costeros, donde las posibilidades de elegir a sus víctimas eran más altas debido a la concentración turística.

«Ricardo, mira estos puntos que he señalado».

Dijo Vargas, mostrando las zonas sospechosas.

«Parece que nuestro asesino está tratando de esconderse en zonas que ofrecen una cobertura natural, valiéndose de otras autocaravanas».

«Exacto».

Respondió Ortega.

«Podríamos examinar los registros de las áreas de descanso para campistas para verificar si se han producido movimientos extraños.

Además, comprueba las ventas de materiales esenciales para autocaravanas y furgonetas, las multas y los permisos requeridos a la policía urbana para acampar en la zona».

Vargas y su equipo comenzaron a buscar en los registros y descubrieron rápidamente un detalle: una autocaravana como la descrita había sido vista con regularidad en una zona de estacionamiento cerca de *Los Cristianos*.

Aunque el nombre del propietario fuera falso, la información sobre el lugar en el que había estado estacionado podría estar relacionada con una pequeña tienda de caza y pesca que vendía un producto para los baños de las autocaravanas. *«Podría ser un indicio crucial»*, dijo Vargas.

«Debemos hablar con el propietario de la tienda. Podría haber visto algo útil».

Al llegar al establecimiento, el propietario se mostró nervioso, pero corroboró que había visto un camper blanco con una franja roja, que ocupaba varios sitios de aparcamiento cerca de su local, mientras realizaba unas compras de líquido químico y cañas de pescar.

«*Sí, había un tipo raro que siempre venía a comprar lo mismo, pero no recuerdo mucho más*».
Explicó.

Siguiendo esta pista, Vargas y su equipo registraron minuciosamente la zona de Los Cristianos en busca de lugares donde pudiera esconderse el camper.

Fue al examinar una pequeña área de descanso para caravanas, poco visible desde la carretera principal, cuando encontraron el vehículo sospechoso aparcado bajo la montaña en una zona del pueblo en frente del mar. «*Ricardo, hemos encontrado el camper*».

Comunicó Vargas por el auricular. «*Pero es el momento de actuar con cautela*».

Mientras se acercaban al camper, el silencio y la oscuridad del lugar aumentaban la tensión. Vargas notó que la puerta del vehículo estaba ligeramente entreabierta y decidió entrar con cuidado. En el interior, encontró pruebas inquietantes: objetos personales de las víctimas, fotos con detalles de sus atrocidades y marcas de lucha y sangre.

De repente, un ruido procedente de la parte posterior del camper hizo que se sobresaltara. Vargas se giró y vio cómo el asesino intentaba huir por la ventana trasera.

Empezó así una persecución frenética, desde el aparcamiento hasta la montaña, en la que Vargas consiguió alcanzar al criminal. Intentó agarrarlo por un brazo junto al borde del precipicio que daba a la escollera sobre la piscifactoría de lubinas, pero el killer tropezó en una rama saliente y precipitó contra las rocas que parecían llamarlo desde la superficie del mar.

Cuando las fuerzas del orden llegaron junto a la ambulancia, los bomberos y más coches policiales, el área de descanso se convirtió en un lugar de actividad frenética.

Ortega alabó el trabajo de Vargas a través del auricular, pero ambos sabían que, aunque el caso estuviera resuelto, el eco del miedo y del sufrimiento seguiría resonando en la isla.

Vargas miró al mar mientras el alba pintaba el cielo de rosa.

La isla estaba finalmente en paz, pero el recuerdo del horror perduraba.

LA SADICA CARRERA

El aire efervescente de Tenerife envolvía el monte Teide, un coloso silencioso que se erguía sobre un bosque de pinos, inmerso en un crepúsculo de colores púrpura y anaranjados. Allí, en el corazón de la isla volcánica, el comisario Alejandro Vargas y su colega Ricardo Ortega habían sido llamados a investigar un inquietante caso que había causado revuelo entre los guardabosques, quienes no lograban explicar lo que estaba sucediendo en el monte.

Las primeras denuncias llegaron de forma esporádica, fragmentos de noticias sobre personas que habían acudido a centros de salud y de urgencias y que presentaban múltiples heridas en el rostro y moratones por todo el cuerpo sin ninguna explicación convincente, sino excusas banales y absurdas.

El testimonio de un vecino recogido por el *Seprona* (el organismo de protección de *Las Cañadas*) declaraba haber avistado a personas con los ojos vendados, atadas y obligadas a correr entre el pinar como si fueran presas de un juego cruel.

Sentado en su escritorio, Ortega, encuadrado por la cámara de su portátil, observaba atentamente las imágenes de las cámaras de vigilancia que habían sido instaladas furtivamente entre los pinos tras los últimos incendios ocurridos en la isla. «*Alejandro, los indicios indican que el lugar que ha señalado el testigo parece un antiguo campo de entrenamiento militar*», sugirió Ricardo con calma, con la vista fija en la pantalla.

«*Debes tener cuidado, podrían haber trampas*».

Vargas asintió, mientras se acercaba al lugar de los hechos, una zona aislada del parque natural. Al llegar, encontró indicios evidentes de actividad reciente: huellas de carrera, ramas rotas, manchas de sangre residual en algunos pinos y restos de objetos personales. Pero lo que más le inquietaba era la sensación de estar siendo observado.

De repente, el ruido de un teléfono roto entre la vegetación atrajo su atención. Vargas lo cogió y encontró un mensaje críptico: «*El juego acaba de empezar*».

Quedó claro que el secuestrador se estaba divirtiendo jugando con ellos, un sádico titiritero que encontraba divertido el pánico de sus víctimas. Ricardo, percibiendo la tensión, seguía monitorizando la red y proporcionando indicaciones a Vargas. «*Alejandro, hay un área no señalada en el sistema de seguridad. Podría ser un escondite».*

Vargas siguió las indicaciones y se adentró en una cueva natural, cuyas luces torcidas iluminaban las paredes de roca lávica oscura. En su interior, encontró un grupo de personas atadas y asustadas, con signos evidentes de abusos físicos y psicológicos. Pero, entre ellos, había también un hombre con un extraño y malicioso semblante; era el único que no gritaba y no tenía ninguna marca de suciedad en la ropa.

¡Era el secuestrador mismo! «*¡Finalmente nos encontramos!*», dijo el hombre con voz helada. «*Pensaba que te gustaría mi pequeño y interesante desafío*». El enfrentamiento fue rápido y violento. Vargas, con su experiencia y con gran determinación, logró neutralizar al secuestrador, mientras Ricardo coordinaba las operaciones de rescate desde la distancia. Con la llegada de las fuerzas de seguridad al lugar de los hechos, las víctimas fueron liberadas.

Una chica con el rostro marcado por múltiples cicatrices contó a los agentes que el perverso juego del secuestrador consistía en reclutar a personas necesitadas de dinero para participar por una recompensa de 50 000 euros para quien alcanzara la explanada al final del bosque. Ella lo sabía bien porque era la segunda vez que intentaba ganar el premio.

Al término de la operación, mientras las primeras luces del alba iluminaban el Teide, Vargas se detuvo a reflexionar sobre la crueldad del juego.

«*Era solo el principio*», comentó Ortega, cuya voz denotaba una profunda tristeza. «*Pero hemos demostrado que la justicia, incluso en la sombra, siempre encuentra el camino*».

«*El hecho de que haya dejado un mensaje indica que podría haber algo más grande detrás*» -respondió. El comisario asintió, consciente de que, a pesar del éxito de la operación, no podía librarse de la sensación de desasosiego.

«*Ese maldito sádico ha orquestado este juego con una frialdad y una precisión escalofriantes*». Reflexionó, volviendo a la base operativa.

Al día siguiente, la prensa local habló del rescate como un acto heroico, pero

Vargas y Ortega sabían que el

peligro podía no haber terminado. Habían detenido a un torturador, pero el misterio y la crueldad que habían encontrado sólo podía formar parte de algo más complejo.

«*No podemos bajar la guardia*» exclamaron al unísono Vargas y Ortega ante sus compañeros de equipo.

Al cabo de unos días, el despacho de Vargas estaba bañado en una atmósfera de intensa concentración. Ricardo Ortega, a estas alturas experto en descifrar datos, había pasado toda la noche analizando un archivo encriptado encontrado entre la información del secuestrador. Con una sacudida nerviosa, anunció al comisario:

«*Alejandro, creo que he encontrado algo significativo*».

«*¿Qué?*»

Preguntó Vargas, inclinándose hacia la pantalla.

Ortega le mostró una lista de nombres y direcciones, asociados a códigos y fechas precisas. «Parecen contactos y lugares clave. Algunos parecen centros de entrenamiento y cobertizos. Podrían ser utilizados para otras operaciones de estos malditos sádicos».

Vargas y Ortega comenzaron a seguir la pista. La investigación condujo al equipo del comisario hasta una antigua fábrica de cigarrillos abandonada en *La Victoria de Acentejo*, en el norte de la isla. Había sido transformada en un laboratorio clandestino con circuitos marcados con bordillos a lo largo del camino, túneles de alambre de espino, alfombras de cristales rotos en medio de charcos de sangre ahora apelmazada.

Un ruido de pasos acelerados atrajo la atención de Vargas hacia una puerta oculta. Con una patada decisiva la abrió, revelando un grupo de

tuberías herméticamente cerradas con enchufes para conducir el gas de las bombonas de butano!

Cuando Vargas entró en el escondite, se encontró con una violenta y escalofriante escena: varias mujeres vestidas totalmente de negro, decididas a preparar otra sesión de sadismo y tortura.

Los cómplices, sorprendidos e incapaces de reaccionar inmediatamente, fueron detenidos sin vacilar.

Entre ellos había un hombre de mediana edad con una sonrisa inquietante, reconocido por Vargas como el líder y socio del loco detenido en Las Cañadas; era una red de sádicos.

«*¿De verdad creían que podrían escapar de nosotros tan fácilmente?*», Dijo con arrogancia. «*Hemos visto suficiente*», Subrayó Vargas.

La investigación continuó, revelando una organización mucho mayor de lo que se pensaba en un principio. Cada detención desvelaba nuevos detalles sobre una red de torturadores y sádicos que había operado en la sombra, explotando el miedo para obtener ganancias ilícitas con grabaciones de vídeo del género «*Snap*» buscadas en la dark web. Ricardo Ortega descubrió con sus análisis que la organización tenía un plan para ampliar su cruel juego a otras zonas del mundo. Con los detalles de sus operaciones y conexiones, Vargas y Ortega pudieron desmantelar la red y evitar nuevos actos de violencia.

Mientras tanto, Vargas reflexionaba sobre el precio del horror que habían visto.

«Esto es sólo un pequeño segmento de un mal mayor»,

Le dijo a Ricardo.

"Nosotros hemos jugado nuestras cartas"

Con los cómplices detenidos y la red desmantelada, Tenerife volvió poco a poco a la normalidad. Sin embargo, Vargas y Ortega sabían que su lucha contra la crueldad y la oscuridad continuaba. Cada caso resuelto era sólo un paso hacia la construcción de un mundo más justo, y los dos detectives estaban decididos a continuar su misión, conscientes de que la batalla contra el mal era un maratón, no una carrera..

LA CASA REDONDA

La casa redonda junto al mar dominaba el paisaje costero con su extraña arquitectura y su inquietante aspecto. Las ventanas en forma de ojo parecían asomarse eternamente al mar, mientras las olas chocaban contra los acantilados con un ruido sombrío y regular. Era un lugar ideal para cualquiera que quisiera pasar una velada un tanto extraña con amigos o chicas a las que impresionar, pero esa noche, la casa atraería una serie de acontecimientos que perturbarían el tranquilo centro turístico de la isla.

El comisario Alejandro Vargas y su equipo de la Guardia Civil investigaban una serie de misteriosos asesinatos. Los cadáveres de ancianos, todos mayores de setenta años, habían aparecido anclados en el fondo del mar.

Se desconocía el modus operandi, y cada cadáver presentaba signos de violencia que no podían vincularse a una única causa.

«*Comisario, estamos examinando a las últimas víctimas*», anunció Ricardo Ortega a través de su auricular, con voz tranquila y mesurada a pesar de estar inoperativo. «*He encontrado una relación entre todas ellas: eran clientes de una agencia de viajes de lujo*».

«*Interesante*», replicó Vargas, mientras oteaba la casa desde lejos. «*Podría ser una pista*».

Mientras tanto, un grupo de chicos jugaba en la playa cerca de la casa, ignorando la atracción siniestra que se erguía cerca de ellos.

Sus ruidos y sus risas llenaban el aire mientras perseguían una pelota. Pero su diversión se vio interrumpida de pronto cuando uno de ellos, mientras excavaba en la arena, descubrió una macabra sorpresa: una mano huesuda asomaba de la arena húmeda de la playa. Vargas y su equipo acudieron inmediatamente.

El horror y la confusión se mezclaron mientras descubrían que el cuerpo recién descubierto era el último de una larga serie. Pero el descubrimiento más espantoso llegó cuando, al examinarlo más a fondo, encontraron pistas que conectaban las víctimas con la Villa Redonda. «*Ricardo, necesitamos ayuda urgente*», dijo Vargas mientras se acercaba a la casa.

«*Hemos encontrado una conexión entre las víctimas y esta casa. Hay algo extraño, y siento que la solución pueda encontrarse aquí*».

«Estoy analizando los documentos de identidad de las víctimas», respondió Ricardo.

«Creo que estamos a punto de descubrir algo importante. ¡Prepárate para lo increible! Todas son personas ancianas.que desaparecieron desde un montón de lugares de la tierra!». Mientras Vargas y su equipo registraban la villa, descubrieron que el interior era un laberinto de estancias y pasajes secretos. Cada curva de las paredes parecía esconder un oscuro secreto. Las pistas llevaban a una sala donde encontraron un ordenador con indicios de que la villa se había usado para operaciones ilegales.

En un careo final con el culpable, Vargas descubrió que se trataba de nada más y nada menos que el proprietario de la villa. Un hombre rico y respetado que había planeado los asesinatos para eliminar a testigos incómodos que habían amenazado con revelar sus operaciones ilegales. En la sala secreta de la Villa Redonda, Vargas y su fiel amigo Ortega, que seguía todas las informaciones y desplazamientos a través de sus valiosos programas informáticos, descubrieron la verdadera naturaleza de las operaciones ilegales llevadas a cabo por el propietario, don *Luis Salgado*.

Los documentos revelaban que la villa era la sede central de una sofisticada red de tráfico de bienes robados y blanqueo de dinero, sustraídos a los ricos turistas que veraneaban en la isla.

Salgado utilizaba su agencia de viajes de lujo como cobertura para trasladar y ocultar bienes de valor robados de todo el mundo, transformando el dinero sucio en inversiones legales a través de una extensa red de empresas.

Cuentas bancarias offshore.

La resolución del caso fue una fuente de alivio para los isleños, pero la casa redonda sobre el mar se mantuvo como símbolo del miedo y la oscuridad.

LA DEA DE LA FERTILIDAD

En una noche silenciosa en la isla de Tenerife, el *Museo Guanche* de Santa Cruz se preparaba para el cierre. Nadie sospechaba que la secular estatua de la *Dea de la Fertilidad,* una obra de arte única y venerada, sería robada. La estatua, que representaba a una figura femenina con senos prominentes, estaba envuelta en leyendas antiguas: se decía que situarla bajo la cama en la noche de bodas garantizaba un embarazo.

El robo se llevó a cabo con una precisión quirúrgica. El ladrón, lo había planificado todo hasta el más mínimo detalle. Esa noche, mientras el museo estaba sumido en el silencio y la tranquilidad, alguien burló las medidas de seguridad con una facilidad inquietante. Ocultó la estatua en una de sus numerosas propiedades, una elegante villa en las colinas de Santa Cruz.

Las investigaciones sobre irregularidades no tardaron en comenzar.

El comisario Alejandro Vargas, el investigador conocido por su tenacidad y agudeza, fue llamado, como siempre, para ocuparse del caso. Vargas, un hombre de mente aguda y carácter resuelto, tenía fama de desentrañar enigmas complejos. Examinó el museo y las cámaras de seguridad y encontró la presencia de un visitator asiduo.

Los indicios llevaron a Vargas a descubrir que el robo lo había cometido *Rodrigo Álvarez*, un hombre de gran influencia y riqueza, conocido por su obsesión por el arte y las reliquias antiguas.

El comisario, emprendedor y decidido, acudió inmediatamente a la casa de Álvarez para interrogarlo. Sin embargo, Álvarez parecía tranquilo y daba respuestas convincentes al Fiscal.

Vargas decidió profundizar en el aspecto misterioso de la estatua. Pidió al profesor *Rafael Ramos,* un experto en cultura guanche, que le explicara las leyendas relacionadas con la diosa de la fertilidad. Ramos le reveló que la estatua se consideraba sagrada y que, según las antiguas creencias, quien la hubiera sustraído para fines egoístas atraería una maldición. Entretanto, la vida de Rodrigo y de su mujer *Teresa,* comenzaba a deteriorarse a causa de sus continuos fracasos como padres. Gracias a la ayuda de la estatua, finalmente Teresa se quedó embarazada. Ya durante los primeros meses de gestación, se podía observar que estaba visiblemente turbada y comenzaba a tener sueños inquietantes, mientras Álvarez intentaba mantener su imagen de hombre de éxito. Vargas, siguiendo una pista que parecía elusiva, procedente de un médico amigo del departamento de neurología del Hospital Universitario, descubrió signos de la maldición que había caído sobre la familia: enfermedades inexplicables y accesos de locura que rozaban el autolesionismo.El investigador, ya convencido de que el robo había desatado una maldición, buscó desesperadamente la estatua y trató de devolverla al museo. Sus investigaciones lo llevaron a enfrentarse con Rodrigo, que estaba claramente poseído por un espíritu maligno y preso del pánico intentaba escabullirse.

La villa de Álvarez se había convertido en un lugar de ruina y desesperación.

No obstante, los esfuerzos de Vargas no fueron suficientes. La estatua había desaparecido misteriosamente.

Las autoridades nunca encontraron otra pista que pudiera conducirlos a su hallazgo.

Santa Cruz, con una población atemorizada por la maldición que había caído sobre Álvarez, comenzó a contar historias de desdichas y maldiciones relacionadas con la Dea de la Fertilidad.

El comisario Vargas, ahora reconocido por su coraje al afrontar el caso, se sorprendió por el poder oscuro que había descubierto.

Su carrera cambió y sus experiencias en Tenerife le hicieron comprender que, a veces, las leyendas no son solo relatos, sino verdades envueltas en misterio.

La estatua de la Dea de la Fertilidad quedó oculta, tal vez destruida o quizá aún a la espera de una nueva oportunidad para vengarse. Santa Cruz no olvidó la lección que la estatua le había enseñado: lo que puede parecer una bendición puede esconder una inevitable maldición, y el deseo más ardiente puede transformarse en nuestra peor condena.

LA APP

Ricardo Ortega estaba examinando los datos de los files comprometidos cuando se fijó en un detalle que le llamó la atención: un fragmento de código que hacía referencia a una dirección IP aparentemente oculta que estaba conectada regularmente a una red local. Al examinar más a fondo, descubrió que uno de los servidores proxy, sorprendentemente, se encontraba en Tenerife, conectado a una red de tráfico de Internet que llevaba directamente a la isla.

La coincidencia era demasiado fuerte para ignorarla: el hacker estaba operando desde Tenerife, justo cuando muchos ciudadanos españoles entraban en una espantosa e inexplicable crisis.

Ortega comunicó de inmediato su descubrimiento a Vargas, sabiendo que la única manera de resolver el caso estaba más cerca de lo que habían imaginado.

La noche había caído silenciosa y la oscuridad envolvía la tecnológica villa aislada en el sur de la isla. Alejandro Vargas, comisario de la Guardia Civil, estaba a punto de afrontar su caso más enrevesado de sus azañas.

Su equipo estaba en posición, listo para irrumpir en ese edificio que albergaba al hacker responsable de una crisis nacional.

Su colega, Ricardo Ortega, estaba trabajando frente al su postación.

Su voz, fría y profesional, resonaba en la radio.
«Alejandro, te he enviado la última actualización. La aplicación de la que te hablé es más sofisticada de lo que pensábamos. No se trata solo de un software malicioso, sino de una auténtica trampa psicológica», explicó Ortega.

«El malware se presenta como una aplicación normal y se instala automáticamente en todos los teléfonos móviles de España. Una vez abierta, muestra una espiral giratoria que hipnotiza al usuario. El efecto es tan potente que las personas no pueden desviar la mirada». Vargas asintió, comprendiendo la gravedad de la situación. *«¿Y cuáles son los efectos?». «Una vez que el usuario está hipnotizado, obtiene el control total de su acciónes obligándolo a transferir todo el dinero de su cuenta bancaria dejando a la víctima en la miseria»*, explicó Ortega.

«Las denuncias han aumentado. Hay casos de familias reducidas a la miseria y personas que han perdido todo en pocos minutos».

Vargas y su equipo se acercaron al portal de la villa con cautela. Forzaron la puerta y se encontraron en una habitación oscura, iluminada solo por los monitores colgados en toda una pared. En el centro, un hombre con unas gafas gruesas, similares a las que se usan en las piscinas, estaba concentrado en el teclado, con la mirada fija en la pantalla en la que giraba una espiral hipnótica.

«¡Alto!» ordenó Vargas, apuntando con la pistola. El hacker, sorprendido, intentó cerrar los programas, pero los agentes lo detuvieron enseguida. Mientras los policías maniataban al hacker, Vargas inspeccionó los ordenadores.

En la pantalla principal, la espiral continuaba girando inevitablemente.

Era evidente que la aplicación estaba diseñada para ejercer un control total sobre el usuario.

«Hemos encontrado suficientes pruebas», dijo Vargas por radio a Ortega.

«Asegúrate de extraer el código y de eliminar cualquier rastro de malware».

Ortega trabajó intensamente toda la noche para desactivar la aplicación y para restaurar los datos de las víctimas.

«Debemos advertir a los bancos y a las instituciones para recuperar los fondos robados», agregó.

«Y también asegurarnos de que nada de esto pueda ocurrir en el futuro». Con el hacker en custodia y la aplicación finalmente neutralizada, Vargas y Ortega pusieron fin a una amenaza que había hecho temblar profundamente a la sociedad.

CABEZAS DE CERDO

El sol calentaba la isla de Tenerife, tiñendo el cielo de naranja y rojo, mientras el comisario Alejandro Vargas y su compañero Ricardo
Ortega estaban inmersos en su trabajo. Vargas, con esa mirada penetrante, estaba examinando atentamente un mapa de la isla. Ortega, sentado frente al ordenador en su casa, conectado en todo momento con el comisario a través del ordenador, monitorizaba los datos y las denuncias.

«*Otra cabeza de cerdo*» anunció Ortega con tono grave. «*Se ha encontrado colgada de la puerta de un apartamento en Costa Adeje. El cuchillo estaba marcado con el mismo símbolo: un sol estilizado*», añadió Ortega.

«*Este es el cuarto apartamento en dos semanas. La banda está enviando un claro mensaje*».

«*Exacto, pero el verdadero misterio es por qué estas familias han sido elegidas como objetivo*».

«*¡Quizá las verdaderas víctimas no sean los inquilinos, sino los propietarios!*», exclamó Ricardo.

«*Los alquileres turísticos son un problema, pero no justificarían estas acciones violentas*».

Respondió Ortega.

«*Necesitamos descubrir quién está detrás de todo esto*», Dijo Vargas.

«*Comenzaremos a examinar los vínculos entre las víctimas*».

El comisario y Ortega pasaron la noche revisando los registros de los apartamentos y los perfiles de las familias afectadas, todas tenían el mismo común denominador: estaban afectadas de órdenes de desalojo o expulsión por cambio de contrato de «*alquiler de larga duración*» a «*vacacional*».

Unas horas más tarde, Ortega detectó otra conexión: todas las familias compartían un antepasado común de origen gitano, también expulsado de su casa. La causa principal era, obviamente, la desorbitada subida de los alquileres. «*Creo que tengo una sospecha*», dijo Ortega.

«*Hay informes de una banda de etnia gitana que ha actuado en el pasado en peleas y violencia causada por venganzas entre familias. Los líderes de esta banda se hacen llamar 'Los Vengadores*». Vargas asintió:

«Tenemos que encontrarlos antes de que vuelvan a atacar. Este grupo tiene una estructura familiar.
¿Quién es el jefe de la familia que podría orquestarlo todo?»

Ortega consultó sus archivos y encontró un nombre: *Manuel Ramírez*, conocido por su venganza personal contra los terratenientes.

«Ramírez es el jefe.Fue desahuciado hace años y prometió vengarse de todos los propietarios de casas y pisos de los puntos turísticos».

«Perfecto. Tenemos que detenerle», dijo Vargas.

«Vamos a reunir la información definitiva y a preparar una operación». Con la ayuda de la información de Ortega y de las fuerzas especiales de la Guardia Civil, Vargas y su equipo localizaron la base de operaciones de Ramírez en un viejo almacén abandonado de caravanas y autocaravanas semidestruidas en las afueras de la isla, cerca del pueblo de *Arico*.

Durante la noche, se desencadenó la operación: los equipos policiales rodearon el campamento mientras Vargas y Ortega supervisaban las operaciones a través de las comunicaciones. La redada fue rápida y decisiva. Manuel Ramírez, sorprendido e incapaz de reaccionar, fue detenido junto con los miembros de su banda. Entre las pruebas encontradas había varios cuchillos de cocina y algunas cabezas de cerdo, señal de que los crímenes no habían hecho más que empezar.

«Hemos resuelto el caso», dijo Vargas con un suspiro de alivio. *«La venganza de Ramírez ha terminado. Ahora debemos trabajar para restablecer la seguridad y la confianza entre los habitantes de la isla.»* *«Exacto».*

Respondió Ortega, mirando el monitor con satisfacción.

«Por fin podemos recobrar un poco la paz».

Con el líder de la banda entre rejas y las tensiones disminuidas, la isla volvió lentamente a la normalidad mientras Vargas y Ortega reflexionaban sobre otro caso resuelto y la justicia restaurada.

EL CANTO DE LAS SIRENAS

Vargas deambulaba nervioso por las estrechas calles de La Orotava. Sus zapatos crujían sobre los adoquines húmedos mientras reflexionaba sobre los últimos hallazgos. Ricardo Ortega, en su casa, estaba analizando los datos, ayudando a Vargas a descifrar el caso de los robos de dos maleantes, dos jóvenes gamberros que asaltaban gasolineras y pequeños comercios locales a punta de navaja para ganarse la vida. Por las huellas dejadas, casi con toda seguridad residían en el norte de la isla, justo donde una mañana entraron en el molino de gofio (*alimemto muy conocido en Canarias*) propiedad del famoso Chano, conocido por regentar uno de los últimos molinos con muelas de piedra de la isla. Los dos delincuentes (*El Cuco y Panfi*), estos eran sus alias, irrumpieron en el viejo molino y amenazaron al simpático y viejo Chano para que les entregara todo el dinero que tenía en el cajón, sin darse cuenta de que escondida tras un saco de trigo se encontraba una joven de unos 20 años (*Macarena*), que estaba observando toda la escena.

Los delincuentes estabán encapuchados , pero Macarena se dio cuenta de que a uno de ellos se le había caído su pulsera de oro en la piedra del molino.

Cuando los delincuentes se marcharon, Vargas interrogó a Macarena y, rebuscando en la piedra del molino, descubrió una fecha y un nombre en la placa recuperada de la pulsera:

«*Miriam 29/02/2022*».

El viejo molino, sin embargo,

permaneció vigilado por los dos ladrones que vieron a la chica declarar ante el comisario.

Esa misma noche la secuestraron, la metieron atada y amordazada en una vieja furgoneta, condujeron hasta el sur donde la abandonaron en la playa de Armeñime donde, al llegar la pleamar, seguramente moriría ahogada. Mientras tanto, paralelamente a la búsqueda de Macarena, la investigación del robo avanzaba con el descubrimiento (gracias a Ortega) del delincuente llamado '*El Cuco*', dado sus antecedentes penales y el nacimiento de su hija pequeña Miriam.

El Cuco y Panfi parecían tan escurridizos como las sombras, ya que la pulsera de oro era la única pista concreta.

En la playa, Macarena intentaba luchar rodando lo más lejos posible del agua, las olas del mar se acercaban amenazadoras, y la marea creciente parecía querer cobrarse su víctima.

Mientras buscaba a Macarena, Ortega descubrió un informe de la Guardia Urbana sobre una vieja furgoneta abandonada al sur de la isla, pero no había rastro de Macarena.

Al caer la noche en la isla, un inquietante canto se extendió por la costa sur. Los sonidos, que parecían proceder del mar, atrajeron la atención de los guardacostas. Parecían los lamentos de sirenas desesperadas, y el misterioso canto guió a los rescatadores hacia la playa de *Armeñime*. Vargas, siguiendo el rastro de olas y cantos, llegó a tiempo de ver cómo los rescatadores liberaban a Macarena de las aguas.

Su rostro pálido y sus signos de terror eran evidentes, pero estaba viva. El comisario sintió una profunda gratitud mezclada con rabia. De no haber sido por aquel canto, Macarena habría sido arrastrada mar adentro. Ortega, mientras tanto, seguía la pista de El Cuco y Panfi a través de una serie de huellas digitales. Los dos, inconscientes de la inminente llegada de la policía, se habían refugiado en una vieja casa del norte de la isla. La operación de detención fue rápida y decisiva. Cuando les atraparon, se supo la verdad: la pulsera con el nombre de Miriam había sido un regalo para el nacimiento de su hija, un detalle al parecer insignificante que les había traicionado.

A la mañana siguiente, al salir el sol sobre Tenerife, Vargas y Ortega recibieron la noticia de la confesión de los criminales y de su detención. Macarena fue hospitalizada, pero su valor y su fuerza para sobrevivir le habían salvado la vida. Vargas reflexionó sobre el misterioso canto de la sirena: un hecho inverosímil, casi de cuento de hadas que, afortunadamente, había tenido un final feliz.

FUGITIVOS

En la isla de Tenerife, por fin había llegado el momento tan esperado. Tras meses de investigación y trabajo conjunto, el comisario Alejandro Vargas y el comisario Paolo Patrone se disponían a dar el golpe de gracia a una de las operaciones más complejas de sus carreras.

Tenerife, destino predilecto de delincuentes fugitivos de Italia, estaba a punto de ser testigo de una acción que cambiaría el curso de su aparente tranquilidad.

El comisario Patrone, comprometido desde hacía tiempo en la caza de los fugitivos italianos, había encontrado por fin su escondite... la isla.

En colaboración con Vargas y la Guardia Civil, había organizado una expedición de doce policías de la brigada móvil de Génova, cada uno especializado en operaciones de alto riesgo. Los policías italianos y españoles habían trabajado codo con codo, y su presencia en los paseos marítimos del sur de Tenerife no pasaba desapercibida. La imagen de hombres uniformados de verde con la insignia *«Guardia Civil»* y otros de azul con *«Policía»* se había convertido en una constante en las costas.

Las investigaciones llevadas a cabo por Ricardo Ortega, el brillante compañero que operaba desde su despacho, habían conducido a un punto crucial. Ortega había vigilado llamadas telefónicas, interceptado comunicaciones y analizado cartas postales, revelando un eslabón, un punto débil en la cadena de seguridad de los fugitivos: *las familias de los delincuentes.*

Las mujeres y los niños, aparentemente de vacaciones, habían sido seguidos por los policías de Génova, lo que permitió trazar con precisión los movimientos de los fugitivos.

La información recopilada permitió identificar a diez delincuentes, entre ellos los rebuscados *«Angelo 'u Tozzo»*, *«Ciccio o Spacchione»* y la ilocalizable *«Donna Rosa»*, todos atrincherados en lujosas villas del sur de la isla, protegidos por sofisticados sistemas de seguridad y guardias armados.

Cuando por fin una noche de luna llena, llegó el momento. Los equipos estaban listos para el asalto simultáneo. La operación consistió en dos ataques coordinados: uno contra la villa de Don Antonio y otro contra la villa de Doña Rosa. La estrategia estaba clara, pero la ejecución requería precisión.

El grupo de Vargas se acercó a la villa.

Con el cielo oscurecido y el mar rompiendo en las playas cercanas, los agentes se acercaron silenciosamente a la puerta principal de la imponente residencia. Utilizando explosivos controlados, derribaron la verja, permitiendo el acceso a la villa. La reacción de los guardianes fue inmediata, pero el entrenamiento y la preparación de las fuerzas conjuntas se impusieron rápidamente, desarmándoles sin disparar un solo tiro. En cuestión de minutos, los fugitivos que se encontraban en el interior, incluidos 'Angelo 'u Tozzo' y 'Ciccio o Spacchione', fueron capturados sin oponer mucha resistencia.Al mismo tiempo, el grupo de Patrone asaltó la villa de Donna Rosa, una fortaleza bien protegida. Con información de Ortega que indicaba un punto débil en el sistema de seguridad, los equipos entraron por una ventana lateral.

El asalto fue violento y decidido. Los guardias armados y los miembros de la banda de Donna Rosa se mostraron obstinados, pero la superioridad táctica de los agentes condujo finalmente a la captura de Doña Rosa y sus cómplices. En el momento culminante de la operación, los dos equipos se reunieron frente a las villas.

La tensión era palpable, los policías italianos y españoles intercambiaron miradas de satisfacción mientras aseguraban a los fugitivos.

La colaboración entre la policía italiana y la Guardia Civil española había triunfado, demostrando que la alianza internacional era capaz de derrotar incluso a la delincuencia más organizada.

Con los fugitivos detenidos y la noche ya avanzada, comenzaron las celebraciones de los dos equipos policiales, con fuegos artificiales iluminando el cielo. La victoria de la justicia se vio refrendada no sólo por la detención de los diez delincuentes, sino también por la eficaz colaboración entre las fuerzas policiales de dos naciones.

Vargas y Patrone, a pesar del cansancio, estaban satisfechos. Tenerife, que había sido el escondite de tanta maldad, había visto triunfar la ley y el orden.

¿ARMAS EN LA ISLA?

Tenerife, 3 de mayo.

La temperatura estival era tensa, como el silencio que envolvía la casa del comisario Alejandro Vargas. Sentado en su mesa de madera maciza, Vargas repasaba sus informes rutinarios cuando sonó el teléfono. Era Ricardo Ortega, su colega de confianza, que aunque operaba desde la comodidad de su hogar, siempre se mantenía atento a las operaciones informáticas. *«Vargas, tengo un dato»*, empezó Ortega con su voz tranquila pero seria.

«Intercepté una comunicación entre dos conocidos traficantes de armas. Parece que hay un plan para introducir un cargamento de armas en el archipiélago».

Vargas se enderezó en su silla.

«¿Armas?»,

Esto no había ocurrido nunca.

«¿Dónde pretenden introducirlas?»
«Por lo que tengo entendido, el origen es El Aaiun en Marruecos. La ruta es bastante ingeniosa. Están utilizando una empresa de transporte de plátanos y patatas como tapadera. El envío está previsto para mañana en nuestra isla». «¿Tenemos ya detalles del barco o de los medios utilizados?,

Preguntó Vargas, tomando notas. *«No, pero tengo una idea del punto de llegada»,* respondió Ortega.

«Mencionaron el puerto de Santa Cruz como uno de los destinos finales. Tenemos que actuar antes de que se complete la operación».

El comisario Vargas cerró la llamada e inmediatamente entró en acción. *«Ricardo, establece una vigilancia en el puerto. Tendré un equipo preparado para actuar de inmediato».*

Mientras tanto, Ortega se dedicó a vigilar las comunicaciones y a recabar más información. No tardó en descubrir que la operación tendría lugar al amparo de una fiesta local durante la fiesta de la Cruz, un evento aparentemente inocente y religioso pero perfecto para disimular la llegada de una gran cantidad de armas. Al caer la tarde, Vargas y su equipo ya estaban en el lugar, acechando entre las sombras del puerto de Santa Cruz. Vigilaban la zona con atención, mientras las celebraciones locales se hacían cada vez más ruidosas, resonando en la *Avenida Anag*a.

La música y las luces crearon un ambiente ideal para ocultar movimientos sospechosos. Ortega se comunicaba constantemente con Vargas, proporcionándole detalles en tiempo real: *«Acaban de descargar unas cajas en un camión. Parece que son las que estábamos buscando»*

Vargas ordenó la intervención. El equipo se dividió en dos grupos: uno para detener el camión y otro para comprobar el resto del puerto. Las operaciones fueron rápidas y precisas. Cuando se detuvo y registró el camión, se encontraron armas en su interior: ametralladoras, granadas y otros artefactos. La operación terminó con la detención de siete árabes y dos hombres buscados en el este, que intentaban escapar desesperadamente.La tensión de la noche se fundió en alivio cuando Vargas y Ortega, conectados a través de la red, intercambiaron comentarios sobre el éxito de la operación. .

«Ricardo, gracias por tu ayuda. Sin ti no habríamos podido detenerlos a tiempo». Ortega respondió con una nota de satisfacción en la voz.

«Buen trabajo, Vargas. Tenerife está un poco más segura esta noche».

Con el amanecer sobre la isla, Vargas y Ortega estaban satisfechos de haber detenido el cargamento de armas y arrestado a los traficantes. Pero cuando Vargas se disponía a archivar la operación, Ortega volvió a ponerse en contacto con él, esta vez con una nota de urgencia en la voz. *«Vargas, acabo de descubrir algo preocupante»* dijo Ortega.

«He analizado más a fondo los documentos y he encontrado anomalías en los registros del barco. Parece que el guardia de aduanas encargado del control de la carga está implicado en la red de tráfico». Vargas se puso rígido.

«¿Qué guardia de aduanas?»

«El jefe de la sección de aduanas del puerto, Enrique Delgado». respondió Ortega.

«Los documentos indican que él orquestó la operación, asegurándose de que el segundo cargamento pasara desapercibido».

Vargas, incrédulo, ordenó un control inmediato de Delgado. Tras una intensa investigación, salió a la luz que Delgado había creado un meticuloso plan para hacer entrar el segundo cargamento de armas bajo la apariencia de un envío de suministros médicos. Sin inmutarse, Vargas y su equipo organizaron una intervención directa.

Llegaron al puerto de Santa Cruz justo a tiempo para presenciar una escena de confusión: Delgado ya estaba trasladando la mercancía a un almacén seguro. Vargas y su equipo lo detuvieron en el acto, al encontrar la confirmación del segundo cargamento de armas dentro de uno de los contenedores que Delgado había pasado bajo el radar.

Con Delgado esposado y el segundo cargamento incautado, la operación concluyó con éxito.

Vargas y Ortega, a pesar de su agotamiento, intercambiaron una sonrisa de satisfacción. La amenaza había sido neutralizada y se había preservado la integridad de las instituciones locales. Vargas y Ortega se prepararon para volver a sus rutinas, sabiendo que habían concluido un capítulo crucial en su lucha contra el crimen organizado.

EL ULTIMO CÁNTICO
(a Lula)

La isla de Tenerife estaba envuelta en el calor que suavizaba los contornos de sus montañas. Era una típica tarde de finales de verano cuando el comisario Alejandro Vargas recibió una llamada urgente a su despacho. Se había producido un robo sacrílego en la iglesia de San Francisco de Asís de La Orotava, y la situación se estaba agravando rápidamente.

Vargas acudió inmediatamente al lugar de los hechos.

Allí, entre los restos de las oraciones y las velas consumidas, la iglesia estaba desierta, pero el signo del sacrilegio era evidente: las reliquias sagradas habían sido robadas y los símbolos religiosos habían sido desfigurados. La sensación era de una profanación que iba mucho más allá del mero robo.

Ricardo Ortega, compañero de confianza de Vargas, recibió la orden de iniciar un control informático sobre cualquier actividad sospechosa que pudiera relacionarse con el robo.

A pesar de su inmovilidad física, su mente era tan ágil como siempre. Mientras Vargas se ocupaba de la investigación sobre el terreno, Ortega supervisaba los flujos de datos y las comunicaciones. *«Comisario»* dijo Ortega a través de su monitor, *«He encontrado un mensaje cifrado en un foro oculto. Parece haber una discusión sobre un culto que venera la creación y sus elementos».*

Vargas enarcó una ceja.

«¿Una secta? ¿Qué relación puede tener con los robos?»

Ortega siguió escaneando los datos. *«El mensaje menciona la obsesión con el 'Hermano Sol' y la 'Hermana Luna'. Además, hay una lista de iglesias y lugares sagrados de la isla que parecen estar en su punto de mira».*

La información de Ortega ayudó a Vargas a darse cuenta de que el robo no era un caso aislado. Los ladrones no robaban por dinero, sino por un significado más profundo, un oscuro ritual que pretendía profanar lo sagrado en nombre de una retorcida devoción por la naturaleza y lo divino. El descubrimiento de Vargas y Ortega se confirmó la noche siguiente, cuando otra iglesia, la de Santa María del Socorro, fue asaltada. Las reliquias sagradas habían desaparecido, y en su lugar se encontraron símbolos paganos dibujados con polvo de obsidiana. La escena del crimen era un espeluznante Vargas enarcó una ceja.

«¿Una secta? ¿Qué relación puede tener con los robos?»

Ortega siguió escaneando los datos. *«El mensaje menciona la obsesión con el 'Hermano Sol' y la 'Hermana Luna'. Además, hay una lista de iglesias y lugares sagrados de la isla que parecen estar en su punto de mira».*

La información de Ortega ayudó a Vargas a darse cuenta de que el robo no era un caso aislado. Los ladrones no robaban por dinero, sino por un significado más profundo, un oscuro ritual que pretendía profanar lo sagrado en nombre de una retorcida devoción por la naturaleza y lo divino.El descubrimiento de Vargas y Ortega se confirmó la noche siguiente, cuando otra iglesia, la de Santa María del Socorro, fue asaltada. Las reliquias sagradas habían desaparecido, y en su lugar se encontraron símbolos paganos dibujados con polvo de obsidiana. La escena del crimen era un espeluznante mosaico de imágenes sagradas desfiguradas e inscripciones crípticas. Una de las inscripciones decía *«Sólo la verdad de la creación puede redimir el alma».*

El dúo de investigadores descubrió que la secta poseía varios escritos antiguos en los que se describía la importancia de «purificar» los lugares sagrados mediante la destrucción y el saqueo, en nombre de una visión distorsionada del Cántico de las Criaturas de San Francisco. La investigación condujo a Vargas y Ortega hasta un grupo de ecologistas extremistas que habían interpretado el mensaje de San Francisco como una orden de «salvar» la naturaleza mediante la destrucción de reliquias religiosas, considerándolas símbolos de opresión. La culminación de su investigación fue un tiroteo en la capilla de San Francisco, donde los miembros de la secta pretendían completar su ritual final. Vargas y Ortega consiguieron intervenir a tiempo, detener a los autores y recuperar las reliquias robadas.

El culto había intentado combinar la veneración de la naturaleza con una interpretación distorsionada de lo sagrado, olvidando que la verdadera sacralidad residía no sólo en la creación, sino también en la dignidad y el respeto de todas las formas de fe. «*San Francisco hablaba de amor a toda la creación, pero no de destrucción*», comentó Vargas, mientras se sentaba con Ortega para discutir los últimos detalles del caso. «*Exactamente*», respondió Ortega.. Con el caso resuelto y la paz restablecida en la isla, el «*Hermano Sol*» siguió brillando, calentando la magnífica tierra, y la «*Hermana Luna*» siguió girando con él, aureolándose juntos en los momentos más oscuros y eclipsándose al unísono. Vargas y Ortega volvieron a sus vidas cotidianas, sabiendo que, incluso en los momentos más oscuros, la luz de la verdad y el respeto siempre podía prevalecer.

LAS DOS BOMBAS

El sol ya se había puesto tras las montañas de Tenerife, pero el comisario Alejandro Vargas no podía deshacerse de la sensación de angustia que se apoderaba de él.

La tensión era palpable en la sala de operaciones, iluminada únicamente por la fría luz de los monitores. A su lado, su compañero Ricardo Ortega, con el rostro concentrado, navegaba por la información del sofisticado sistema informático que había instalado en su casa.

Ricardo estaba en silla de ruedas, pero su mente era aguda y rápida.

La noticia de las dos pruebas de bombas, una en *Gran Canaria* y otra en *Tenerife*, había sacudido España hasta la médula. El gas letal que podían liberar las bombas amenazaba con poner de rodillas a ambas islas, y el Gobierno estaba bajo presión para evitar una catástrofe.

Ortega había conseguido por fin la última pieza que faltaba en el rompecabezas: un mensaje de un terrorista arrepentido había revelado que la detonación de las bombas se produciría a través de una señal de radio transmitida desde un repetidor recién instalado en la montaña de La Palma.

Vargas y Ortega sabían que el tiempo era esencial; cada segundo que pasaba suponía un riesgo creciente para la vida de los habitantes de las dos islas. El comisario, con las manos nerviosas tamborileando sobre su escritorio, habló con su colega a través del comunicador.

«Ricardo, ¿de cuánto tiempo disponemos?».

«Como máximo dos horas», respondió Ortega, con voz tensa pero firme.

«Si se activa el repetidor, las bombas explotarán simultáneamente. Hay que actuar ya»

Vargas asintió, tratando de mantener la calma. El dilema era grave: salvar Tenerife, su hogar y el lugar donde había pasado la mayor parte de su carrera, sacrificando la isla de Gran Canaria, lo que provocaría una terrible pérdida de vidas inocentes pero que preservaría su propia isla. Con un gesto decidido, Vargas se puso en contacto con el ejército español.

«Tenemos que atacar el repetidor. Necesito un pequeño misil teledirigido, preciso y sin daños colaterales. No podemos arriesgarnos».

El ejército respondió con prontitud. En cuestión de minutos, un dron armado con un misil estaba listo para despegar. Vargas y Ortega siguieron la operación a través de las cámaras del dron, con el corazón en un puño

El vuelo del misil fue silencioso y tenso. Cuando impactó contra la antena, una explosión controlada destruyó el repetidor sin causar más daños. Vargas y Ortega exhalaron, conscientes de que habían ganado un tiempo valioso. Con el repetidor fuera de juego, las bombas ya no tenían la señal necesaria para explotar.

Al día siguiente, la noticia del fallido atentado terrorista se extendió rápidamente. Vargas y Ortega fueron condecorados con la Medalla al Mérito por su heroica intervención. La ceremonia se celebró en Gran Canaria, donde también recibieron la llave de la isla como máximo honor. El jefe de la Guardia Civil, con mirada decidida, se acercó a Vargas.

«Comisario, teniendo en cuenta el éxito de sus misiones y su eficacia en la 'limpieza' de Tenerife, hay una petición oficial:

Tendrá que trasladarse con su equipo a Gran Canaria para continuar su trabajo aquí».

Vargas y Ortega se miraron.

La petición, aunque forzada, parecía una continuación natural de su viaje. Con un gesto de asentimiento, aceptaron el traslado.

Mientras se alejaban de la ceremonia, Vargas reflexionó sobre el nuevo reto que les esperaba. El heroísmo no terminaba con el éxito de una misión, sino con el compromiso continuado para la seguridad y la justicia.

*«**Continuará...**»*

ÍNDICE:

1) El silencio del viento (prólogo)..................5
2) Las sombras del leprosario..................9
3) Asesinato en el concierto..................13
4) El último turista..................17
5) El Llano de Ucanca..................23
6) Horror en la playa..................27
7) La romería..................31
8) Los caballitos de mar..................35
9) Suicidios..................39
10) Parricidio..................43
11) Infierno sobre Tenerife..................47
12) El niño desaparecido..................51
13) La autocaravana..................57
14) La sádica carrera..................63
15) La casa redonda..................69
16) La dea de la fertilidad..................73
17) La app..................77
18) Cabezas de cerdo..................81
19) El canto de las sirenas..................85
20) Fugitivos..................89
21) ¿Armas en la isla?..................93
22) El último cántico..................99
23) Las dos bombas..................103

INTRIGHI E MISTERI
Mirko Giovagnoli

PREFAZIONE: IL SILENZIO DEL VENTO

Nella calima densa che avvolgeva la cittadina della *Orotava*, il vento sembrava portare con sé un segreto.

La villa *"Victoria"*, abbandonata da anni, si ergeva come un monolito oscuro, i suoi vetri rotti scrutavano le strade deserte come occhi di un predatore in attesa.

L'ispettore Alejandro Vargas stava per entrare, guidato solo da un indizio lasciato da un anonimo: *"La verità è nel silenzio del vento"*.

Aveva passato tutta la notte a riflettere su queste parole, ma non riusciva a comprenderne il significato. La villa, una volta appartenuta al misterioso aristocratico *Edgardo Bethancurt,* nascondeva più di ciò che mostrava. La porta scricchiolò all'apertura e Vargas fece il suo ingresso. L'odore di polvere e umidità gli colpì il naso.

Passò attraverso stanze desolate, ognuna apparentemente immutata nel tempo, fino a raggiungere una biblioteca. Qui, un vecchio libro di pelle nera era appoggiato su un leggio, come se lo stesse aspettando.

Sfogliò le pagine ingiallite e trovò un diario scritto a mano.Le sue annotazioni erano confuse, ma un passaggio era chiaro: *"Il vero assassino non è mai chi appare"*. Un brivido gli percorse la schiena. La rivelazione sembrava troppo semplice, gli eventi portarono presto una nuova prospettiva sull isola di Tenerife.

Il commissario tornò indietro .Si accorse di un cambiamento.

il vento, che prima sembrava una presenza incombente, ora era silenzioso quasi opprimente, come se la villa avesse assorbito ogni suono. Ad un tratto, un rumore proveniente dal piano superiore lo fece sobbalzare. Salì le scale, il pavimento scricchiolava sotto i suoi passi. Quando raggiunse l'ultimo piano, trovò una stanza sigillata.

Con un violento colpo, forzò la porta. La stanza era vuota tranne per un grande specchio a figura intera, appoggiato al muro. Il riflesso di Vargas era distorto, come se l'immagine stesse lottando per restare stabile. La cosa più inquietante era una figura dietro di lui, una sagoma indistinta che sembrava muoversi lentamente. Vargas si girò, ma non c'era nessuno.

Tornò a guardare lo specchio e la figura sembrava volesse avvolgerlo. Il commissario della Guardia Civil, comprese che non era il vento a custodire il segreto ma l'illusione del suo riflesso.

Un vetro di una finestra si frantumò e all'improvviso, una voce dal nulla sussurrò: *"La verità è riflessa nel silenzio"*. Vargas vide la figura nello specchio svanire.

Comprese che il mistero non era nella villa, ma nell'ombra che si nascondeva dentro di lui.

Era stato lui stesso a nascondere la verità. Quando uscì dalla villa, il vento riprese a soffiare, portando con sé solo il rumore del silenzio.

LE OMBRE DEL LEBBROSARIO

Nel secolo scorso, sull'isola di Tenerife, le famiglie nobili vivevano in una società isolata e decadente, segnata da tradizioni arcaiche e segreti inconfessabili.

L'isolamento ha portato a pratiche distorte e al perpetuo incesto tra le famiglie, che ha generato una serie di nascite con gravi malformazioni e malattie.

Ogni volta che nasceva un bambino malformato, la legge non permetteva alcun tipo di pietà.

I genitori, temendo lo scandalo e le conseguenze sociali, trovavano una sola via d'uscita: portare il neonato al lebbrosario nel sud dell'isola, un luogo gestito dalle monache *Orsoline,* dove la morte dei bambini era mascherata come cura dalla lebbra. Decenni dopo, il commissario Alejandro Vargas, un investigatore dedito alla giustizia, viene chiamato per indagare su una serie di scoperte inquietanti.

Durante i lavori di ristrutturazione in un antico convento abbandonato, vengono trovate delle ossa umane sepolte nelle fondamenta. Vargas, sconvolto dalla scoperta, sospetta che ci sia qualcosa di sinistro. Le indagini di Vargas lo conducono in un viaggio oscuro e pericoloso nel passato dell'isola. Scopre che le ossa appartengono a bambini malformati, i cui corpi erano stati portati al lebbrosario e successivamente sepolti in segreto.

La testimonianza delle monache Orsoline rivela che, sotto il velo di pietà religiosa, si celava una verità agghiacciante. Le monache erano complici di un sistema per la soppressione dei bambini, operato per proteggere la reputazione delle famiglie nobili.

Vargas si imbatte in documenti segreti e lettere di *Monsignor Pablo*, l'ex abate del lebbrosario, che era anche il principale orchestratore della rete di soppressione. Il monsignor aveva utilizzato la sua posizione di potere, non solo per coprire le malformazioni dei bambini, ma anche per manipolare e intimidire chiunque potesse minacciare il suo oscuro operato. Seguendo le tracce lasciate dall'abate Vargas scopre che il prete aveva una rete di alleati tra le famiglie nobili e aveva estorto loro grandi somme di denaro per mantenere il silenzio e nascondere le prove.

Indagando, Vargas si avvicina sempre di più alla verità, ma anche ai pericoli che potrebbero mettere a rischio la sua vita.

Il commissario deve affrontare quindi una serie di pericoli e intrighi per consegnare i colpevoli alla giustizia. Ció lo porta a un confronto con i discendenti di Monsignor Pablo, che sono disposti a tutto pur di mantenere intatto il loro losco patrimonio e proteggere il nome della famiglia. La verità, quando finalmente viene svelata, è devastante.

Il lebbrosario di Monsignor Pablo non era solo un luogo di morte ma un simbolo della corruzione e ipocrisia che regnavano nell isola.

Alejandro Vargas, pur avendo portato alla luce il terribile segreto, dovrá affrontare le conseguenze delle sue scoperte e la realtà di un mondo in cui la giustizia non è sempre equa.

DELITTO AL CONCERTO

La città di Tenerife era immersa in un mare di applausi e lampi di flash quando il concerto della grande orchestra si avvicinava al suo momento culminante. *Leire Morales,* una concertista di arpa dal talento straordinario, era il fulcro di quella serata, il suo assolo era atteso con impazienza. Con un sorriso radioso e una grazia innata, Leire si preparava per il suo pezzo finale.

La tensione era palpabile tra i membri dell'orchestra. *Mirella Ruiz*, la violinista dalla bellezza glaciale, osservava Leire con uno sguardo che tradiva una furia malcelata.

I suoi occhi verdi sembravano gettare ombre di vendetta mentre la giovane arpista si avvicinava al momento cruciale del suo assolo.

L'affascinante pianista, *Javier Soto*, figlio del rettore del conservatorio, era seduto al suo strumento con un'espressione distaccata, nonostante il suo cuore fosse senza dubbio colmo di emozioni segrete. Il suo amore per Leire era noto a pochi,ma non era corrisposto.
Leire, brillava come una stella irraggiungibile.
Quando Leire si avvicinò al pedale dell'arpa, l'orchestra era in perfetta armonia.
Ma quel che sembrava una serata perfetta, si trasformò in un incubo. Con un gesto deciso, Leire attivò il pedale per cambiare il tono dello strumento.
All'improvviso, le 47 corde dell'arpa si scagliarono come serpenti infuriati, lacerando il volto e le mani della giovane musicista in un turbine di sangue e dolore.
L'orchestra si fermò in un silenzio spettrale, e Leire fu trasportata d'urgenza in ospedale. Purtroppo, nonostante tutti gli sforzi dei medici, morì poche ore dopo a causa delle gravi ferite.
Il commissario Vargas, noto per la sua acuta intuizione e determinazione, assunse il caso con grande sollecitudine. Analizzando la registrazione dell'ultimo concerto, scoprì una stranezza: prima di attivare il pedale, Leire aveva suonato tre note anomale - *Mi, Re, La* - che non appartenevano al pezzo eseguito. Solo dopo queste note, aveva utilizzato il pedale, creando una sequenza di suoni che corrispondeva al nome *"Mirella"* se letto come un anagramma.
Vargas si concentrò su quelle note e sulla loro potenziale connessione con l'omicidio. Ricordò anche le

parole di un testimone oculare: Leire, prima di attivare il pedale, aveva visto Mirella fare un gesto minaccioso, un segnale inequivocabile di odio.

La tensione tra le due donne era nota a tutti. Mirella, che non sopportava l'idea di vedere Leire al centro dell'attenzione, aveva sempre covato un risentimento profondo. Vargas interrogò Mirella con rigore, notando che la violinista aveva un comportamento nervoso, ma il suo alibi sembrava solido. Il commissario non si lasciò ingannare. Proseguì con ulteriori indagini e scoprì che Mirella, per vendicarsi di quello che considerava un torto personale, aveva progettato un sabotaggio. Utilizzando le sue conoscenze della musica e crescendo con il nonno, (costruttore d'arpe), aveva manomesso il pedale in modo da causare il delitto.

Le tre note suonate da Leire prima dell'uso del pedale erano un messaggio criptico destinato a svelare il suo assassino.

Nel momento in cui Vargas fece luce sul piano di Mirella, si svelò il quadro completo: la violinista aveva progettato l'omicidio con precisione, lasciando indizi che grazie all'aiuto del direttore d'orchestra e la sua mente acuta avrebbe potuto decifrare. Mirella fu arrestata e accusata di omicidio.

La tragedia che aveva colpito il mondo della musica era ora risolta, ma l'ombra di quel terribile concerto continuò a gravare sulle vite di chi vi aveva preso parte.

Per Tenerife e per l'orchestra, rimaneva solo il ricordo di una serata che aveva trasformato la bellezza in orrore.

L'ULTIMO TURISTA

L'isola di Tenerife, un angolo remoto nell'Atlantico, era conosciuta per le sue bellezze naturali e le sue leggende oscure. Ogni anno, migliaia di turisti vi si recavano per esplorare le sue spiagge incontaminate e le grotte misteriose. Ma negli ultimi anni, un numero inquietante di visitatori era sparito senza lasciare traccia. L'ispettore Alejandro Vargas della Guardia Civile era stato incaricato di indagare, avendo trovato resti di corpi martoriati in diversi luoghi dell'isola. Ogni pista sembrava condurre a un vicolo cieco.

La svolta arrivò quando un vecchio escursionista, sopravvissuto a un incidente nelle grotte, riferì di aver visto una strana luce provenire dall'interno di una caverna inesplorata. Vargas, armato di un revolver e accompagnato da una squadra di esperti, si avventurò verso la grotta indicata.

La caverna era vasta e umida, con pareti coperte di muschio e stalattiti che pendevano minacciose. Dopo ore di cammino, Vargas e il suo team si trovarono di fronte a una grande apertura che conduceva a una sala sotterranea. La scena che si presentò era da incubo: un vasto spazio dominato da macchine di tortura medievali.

In mezzo alle ombre della caverna, Vargas le poté distinguere chiaramente: il *"cavalletto"*, una struttura di legno su cui i prigionieri venivano allungati e torturati, e il *"tornio"*, un dispositivo con cui le vittime venivano lentamente arrotolate, provocando un dolore insopportabile. C'era anche la *"sedia spagnola"*, una sedia di legno con punte metalliche progettate per infliggere torture atroci. La vista di questi strumenti, ricoperti di ruggine e sangue secco, era sufficiente a gelare il sangue nelle vene.

Vargas, pur mantenendo la calma, ordinò ai suoi uomini di tenere gli occhi aperti. La caverna nascondeva più di quanto avessero immaginato. In fondo, nascosto dietro un angolo oscuro, si trovava un piccolo laboratorio. Tra i fogli sparsi e gli strumenti macabri, un diario catturò

l'attenzione di Vargas. Il diario apparteneva a un uomo di nome *Hugo De La Cruz,* discendente diretto del famigerato *Marchese De Sade*. Le pagine descrivevano con minuzia i metodi di tortura e le motivazioni di un sadico piacere, rivelando anche l'odio per il mondo esterno e il suo desiderio di perpetuare una tradizione crudele.

Mentre Vargas esaminava il diario, un rumore improvviso e inquietante provenne da un angolo della caverna. Vargas e la sua squadra si volsero di scatto, trovandosi di fronte Hugo De La Cruz, che stava preparando un nuovo strumento. Quando l'ispettore si avvicinò per arrestarlo, Hugo si voltò con un sorriso maligno e un ghigno di follia. Senza preavviso, l'uomo si lanciò verso una parete nascosta, rivelando un passaggio segreto.

Hugo, con un'abilità sorprendente, si precipitò nel tunnel scavato nella montagna, scomparendo rapidamente nella oscurità. Vargas e il suo team, sorpresi e sconvolti, cercarono di inseguirlo, ma il passaggio era stretto e tortuoso.

Il tunnel si snodava in profondità sotto la montagna, e ogni tentativo di seguire Hugo sembrava sempre più difficile.

Alla fine, quando i poliziotti raggiunsero un'uscita, si trovarono di fronte a un paesaggio desolato: il tunnel terminava in un'area remota e deserta, senza alcun segno del fuggiasco. Il serial killer era riuscito a fuggire, lasciando dietro di sé solo il caos e la paura.

Nonostante il caso sembrasse risolto con l'aver individuato il colpevole dei crimini, Vargas sapeva che la minaccia non era del tutto scomparsa. Hugo De La Cruz era libero, grazie alla sua vasta rete di rifugi e tunnel, sarebbe stato difficile catturarlo di nuovo.

La sua fuga lasciava un'ombra inquietante sull'isola di Tenerife, e Vargas sapeva che il vero lavoro era appena cominciato.

Hugo corse tra le ombre, il cuore che martellava contro il petto. I rumori delle sue scarpe sul suolo umido sembravano amplificati nella notte, e il suo respiro si faceva sempre più affannoso. Ogni tanto, un lampione tremolante illuminava brevemente la strada, rivelando i contorni spettrali di edifici abbandonati.

Dietro di lui, l'eco di passi si avvicinava, sempre più, e Hugo poteva percepire la tensione nell'aria. Con un balzo, si nascose dietro una vecchia officina di demolizione di auto, il volto pallido e sudato. Da lì, riusciva a scorgere la figura in lontananza che si muoveva con precisione inquietante. I suoi inseguitori sembravano conoscere il terreno meglio di lui.

Un rumore metallico lo mise in allerta. Alzò lo sguardo e vide una

macchina che compattava le vecchie auto, i pistoni che si muovevano lentamente come se stessero attendendo il momento giusto per comprimerle.

I suoi pensieri correvano: doveva trovare un rifugio sicuro, ma non sapeva dove andare. Le strade labirintiche sembravano sempre le stesse, ogni angolo un possibile nascondiglio ma anche un potenziale pericolo. Tentò di pensare come i suoi inseguitori: se avessero voluto catturarlo, dove avrebbero cercato? Pensò alla vecchia stazione dismessa dei bus poco lontano, un luogo che pochi conoscevano e che, in teoria, avrebbe potuto offrirgli una via di fuga.

Mentre vi si dirigeva, ogni rumore, ogni scricchiolio lo metteva in allerta. Entrò nella stazione attraverso una porta scorrevole rotta e avanzò nel buio, nel silenzio opprimente con il pavimento coperto di polvere e rifiuti.

All'improvviso, sentì un fruscio provenire dal corridoio principale. La luce di una torcia sfrecciò davanti ai suoi occhi. Qualcuno era entrato. Hugo si nascose dietro un mucchio di vecchie casse e trattenne il respiro. La torcia illuminava i contorni delle pareti, creando ombre inquietanti. Nel mezzo dell'oscurità, Hugo percepì la presenza di qualcuno a pochi passi da lui. Doveva agire in fretta. Attanagliato dal panico, tornò indietro verso l'officina di demolizione. La mente di Hugo era sopraffatta dalla sua stessa ossessione per la tortura medievale: le macchine di morte che aveva usato sulle sue vittime lo tormentavano e ora lui stesso si trovava in un incubo simile.

Con la paura che lo paralizzava, Hugo si avvicinò alla macchina compattatrice. Sapeva che era come l'ultima sua invenzione macabra e, in un momento di follia decise di utilizzarla.

Premette freneticamente il pulsante, ma la macchina sembrava resistere. Proprio in quel momento, il commissario Vargas entrò nell'officina, il volto teso dalla determinazione. "*Hugo!*" gridò il commissario.

"*È finita!*"

Hugo, accecato dalla disperazione, azionò la leva della compattatrice. Il rumore infernale riempì l'aria mentre i pistoni iniziarono a muoversi. La macchina cominciò a comprimere le carcasse d'auto, e Hugo, nel suo stato di follia, si avvicinò al meccanismo, spingendo la leva al massimo e si buttó tra le fauci metalliche.

La pressione aumentò rapidamente. Hugo fu sopraffatto dal rumore e dalla forza della macchina.

La compattatrice continuò a muoversi, e in un attimo di consapevolezza Hugo capì che non c'era via di scampo. Il suo corpo fu schiacciato con un rumore atroce, mentre Vargas osservava con un misto di tristezza e risolutezza.

Il silenzio tornò a regnare sulla scena, rotto solo dal rumore della macchina che triturava l'ultimo brandello di Hugo De La Cruz, segnando la conclusione di una caccia spietata.

IL PIANO DI UCANCA

L'aria tersa del mattino sull'isola di Tenerife nascondeva la tensione che permeava il *Llano de Ucanca*.

Il commissario Alejandro Vargas e la sua squadra erano arrivati sul posto dopo una segnalazione anonima che li aveva condotti al piano endoreico chiamato " *Llano de Ucanca*", una spianata rocciosa colma di lava vulcanica levigata dagli anni sul versante ovest del Teide.

La scoperta di resti umani sepolti in un angolo remoto del vulcano aveva aperto una ferita nel passato di Tenerife.

Maria Espinosa, un'anziana signora dal volto segnato dal tempo e dai dolori, aveva assistito alla scoperta con un'aria calma e inquietante. Suo nipote, *Javier*, un giovane con *sindrome di Asperger*, la seguiva da vicino. Javier era un esperto di storia e aveva una memoria prodigiosa. Si diceva che avesse studiato ogni dettaglio del conflitto civile spagnolo. Il commissario Vargas ascoltando la dichiarazione notava l'ansia nei movimenti di Maria. La donna sembrava riluttante a lasciare il sito e rispondeva evasivamente alle domande. Quando le venne chiesto il motivo della sua presenza in quel luogo, disse che stava cercando tracce dei suoi antenati, ma la sua risposta era un po' troppo ben preparata. Nei giorni successivi, la squadra investigativa scoprì che i resti appartenevano a membri di una famiglia repubblicana assassinati decenni prima da una fazione falangista.

Le indagini si concentrarono subito su una famiglia locale, *i Romero*, noti per la loro lunga storia di sostegno al regime fascista.

Tuttavia, mentre l'indagine avanzava, si susseguirono una serie di misteriose morti tra i membri dei Romero, ciascuna avvenuta in circostanze inquietanti e apparentemente casuali; un incendio che distrusse la casa di uno di loro, un incidente d'auto fatale, una caduta accidentale dalla scogliera. I membri della famiglia quindi erano scomparsi uno dopo l'altro, lasciando solo un'ombra di paura e sospetto. Vargas, insieme alla sua squadra, sospettava che ci fosse un legame tra queste morti e la scoperta dei resti. L'elemento comune tra le vittime era un collegamento diretto con la famiglia falangista. Ogni morto aveva avuto a che fare con la sparizione dei repubblicani e la conseguente oscurità dei loro crimini. Le indagini di Vargas portarono a Maria Espinosa, che continuava a mostrarsi particolarmente interessata alla scomparsa dei Romero. La donna e suo nipote, Javier, avevano un alibi debole per ogni morte, ma la loro presenza in tutti i luoghi delle tragedie era troppo sospetta per essere ignorata. La verità emerse quando Vargas scoprì che Maria, con l'aiuto di Javier, aveva orchestrato le morti della famiglia Romero come parte di una vendetta lunga da decenni. Maria e Javier, spinti dal desiderio di giustizia per i loro antenati repubblicani, avevano pianificato meticolosamente le morti per eliminare ogni discendente della famiglia.

L'ultimo membro della famiglia Romero, un uomo anziano e malato, morí per un'apparente attacco cardiaco poco prima dell'arresto di Maria e Javier.

La loro confessione rivelò la complessità e la crudeltà del loro piano. Maria, ormai rassegnata, spiegò che la sua vendetta non era solo per il passato, ma per garantire che nessun erede della famiglia Romero rimanesse vivo per non perpetuare il dolore.

Con l'arresto dei due, Tenerife tornò a essere silenziosa, ma la cicatrice della verità rimase nel cuore dell'isola, ricordando che alcune vendette, anche se giustificate, hanno un costo altissimo e lasciano segni indelebili nel tempo e nella memoria collettiva.

ORRORE SULLA SPIAGGIA

Il commissario Alejandro Vargas studiava con crescente preoccupazione il fascicolo di *Laura Gastón*. La scomparsa della donna belga, avvenuta insieme al marito *Marc Francis* ad aprile, aveva sconvolto Tenerife. La macabra scoperta dei resti di Laura, rinvenuti smembrati e con un sacchetto di plastica sulla testa nei pressi del *Pirs* il 20 giugno, aveva sollevato interrogativi inquietanti.

Vargas sapeva che il caso era più complesso di quanto apparisse a prima vista e decise di scavare più a fondo. Gli interrogatori iniziarono con Marc, il marito, un uomo noto per la sua riservatezza e freddezza. La sua calma apparente durante gli interrogatori sollevava sospetti. I vicini avevano notato la scomparsa improvvisa di Marc e Laura, e un testimone riferì di aver visto una discussione accesa tra i due vicino al molo poco prima della loro sparizione. Questo indizio sembrava cruciale e indicava un possibile conflitto tra marito e moglie che meritava ulteriori indagini.

Vargas ordinò un'analisi approfondita del testamento di Laura e Marc, scoprendo che i due avevano effettuato modifiche significative poco prima della loro scomparsa.

Marc avrebbe ereditato tutto. Una rivelazione che sollevava il sospetto di un possibile movente per un omicidio.

La calma con cui Marc accettava la situazione e la sua apparente indifferenza di fronte al dolore e alla perdita della moglie erano elementi che non quadravano.

La squadra investigativa rintracciò il notaio che aveva redatto il nuovo testamento. Interrogato, il notaio confermò che Marc aveva effettuato le modifiche poco prima della scomparsa..

Tuttavia, un dettaglio cruciale emerse quando il notaio rivelò che Marc aveva un figlio *segreto* a Tenerife, un giovane che, a sorpresa, aveva precedenti penali. Questa informazione sembrava un ulteriore indizio nella trama oscura del caso. Il commissario Vargas decise di interrogare il figlio segreto di Marc, un giovane di nome *Alex*, noto alle forze dell'ordine per piccoli crimini legati al furto e alla truffa.

Alex si mostrò nervoso e restio, ma alla fine ammise di essere stato coinvolto in un piano orchestrato da Marc, il padre.

La verità emerse gradualmente: Marc aveva progettato l'omicidio di Laura non solo per ottenere l'eredità, ma anche per mantenere segreta l'esistenza del figlio. Alex confermò che Marc lo aveva coinvolto nel piano, promettendogli una parte dell'eredità in cambio del suo silenzio e della sua collaborazione.

Il confronto tra padre e figlio portò a una confessione scioccante: Marc, di fronte all'evidenza delle prove e alle dichiarazioni di suo figlio, ammise di aver orchestrato il delitto per garantirsi un futuro tranquillo e senza complicazioni.

La motivazione dietro l'omicidio era emersa: una combinazione di avidità e paura di essere scoperto, che aveva portato a un atto brutale e calcolato.

Con la confessione di Marc e le prove sufficienti per incriminarlo, il caso di Laura Gastón fu chiuso. Vargas rifletté su quanto fosse complesso e sfaccettato il lato oscuro della natura umana. Ogni dettaglio, ogni piccola incongruenza, aveva contribuito a svelare una verità nascosta dietro una facciata di vita perfetta. Le paure più profonde e i segreti più oscuri spesso si nascondono dietro le apparenze, e la verità, per quanto dolorosa, é emersa dai minimi dettagli e dalle pieghe più oscure della realtà.

N.B. *Basato su fatti reali*

LA ROMERIA

Il sole sorgeva sul pittoresco *Santiago del Teide,* illuminando la vivace romería. La piazza era un tripudio di colori, suoni e odori di cibo tradizionale e bestiame in vendita. Il commissario Alejandro Vargas e la sua squadra si mescolavano tra la folla, avendo ricevuto una segnalazione anonima di un possibile crimine. Quando il corpo di *Manuel Torres* fu trovato nel suo fienile, strangolato e con un biglietto minatorio nella mano, l'allegria della festa si trasformò in paura. Manuel, noto allevatore della zona, aveva recentemente acquistato nuove terre, e si sospettava che la sua ricchezza avesse creato inimicizie.

Vargas e i suoi agenti iniziarono ad interrogare gli abitanti e i venditori. Tutti parlavano di un certo *Javier Gonzales,* un rivale di Manuel. Gonzales aveva minacciato pubblicamente Torres per le terre che, secondo lui, gli spettavano di diritto. Ma quando Vargas lo trovò, l'uomo era in compagnia della sua famiglia, chiaramente scioccato e distrutto dalla notizia del delitto.

Mentre la squadra di Vargas indagava, un dettaglio curioso emerse: Manuel aveva ricevuto una visita da un certo *Enrique Rodríguez*, un noto speculatore immobiliare, pochi giorni prima dell'omicidio. Enrique aveva tentato di convincere Manuel a vendere alcune delle sue terre, ma lui aveva rifiutato.

Le indagini portarono Vargas a scoprire che Enrique aveva un grande interesse per l'acquisto delle terre di Manuel, ma Enrique al momento dell'omicidio era lontano, confermato da testimoni. Tuttavia, Vargas notò un particolare strano: il biglietto trovato nella mano di Manuel non sembrava scritto da un criminale abituale. Era troppo elaborato, come se fosse stato redatto con un certo formalismo. Nel bel mezzo della festa, Vargas ricevette una chiamata inaspettata: il biglietto minatorio era stato scritto con una penna rara, acquistata recentemente in una cartoleria locale. Confrontando la lista dei clienti,

Vargas scoprì che un giovane, *David Peña*, che lavorava nella stessa cartoleria, aveva comprato tale penna. David, appena interrogato, rivelò un fatto sorprendente: era stato coinvolto in un piano con Enrique per acquisire le terre di Manuel. Enrique, avendo bisogno di un capro espiatorio, aveva manipolato David in modo che sembrasse che Manuel fosse stato minacciato dal suo vecchio rivale Gonzales.

David, spaventato e confuso, aveva scritto il biglietto sotto pressione, ma l'idea di assassinare Manuel non era sua.

Il vero colpevole fu infine rivelato: Enrique Rodríguez, che aveva orchestrato il delitto per ottenere le terre a un prezzo ridotto. La verità emerse con chiarezza quando Enrique, alla fine, confessò tutto in una disperata ammissione di colpa. Manuel non era morto a causa di una vendetta personale, ma per un calcolo cinico e freddo di speculazione. Con il caso risolto, la romería riprese il suo corso, ma la festa di Santiago del Teide non sarebbe mai stata più la stessa, avendo rivelato il lato oscuro di quell' orribile delitto.

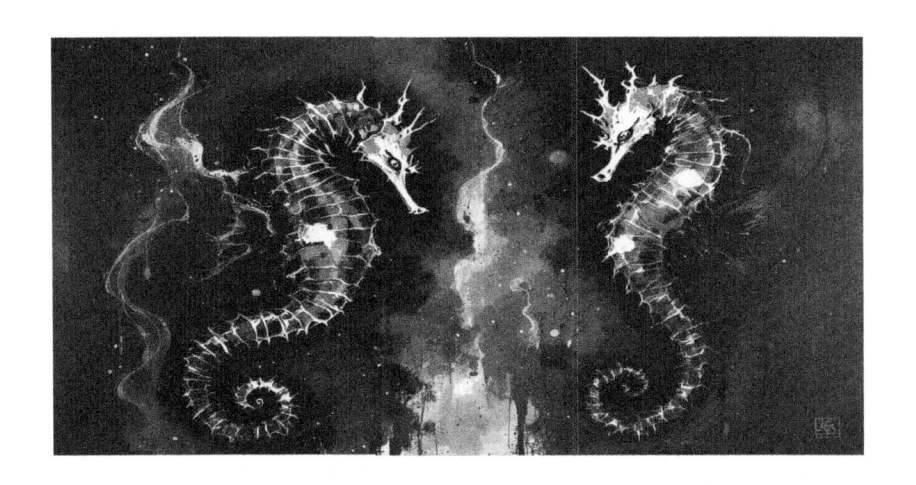

I CAVALLUCCI MARINI

Il cielo al tramonto avvolgeva Tenerife in una luce dorata, mentre il commissario Alejandro Vargas e la sua squadra si trovavano lungo la costa di *Adeje*.

Una serie di strani avvenimenti aveva attirato l'attenzione della polizia: due persone erano scomparse misteriosamente, entrambe legate a ricerche marine, e una leggenda locale parlava di un cavalluccio marino leggendario, *l'Ippocampo*.

La storia voleva che l'Ippocampo fosse una creatura mitica capace di conservare la memoria dei luoghi in cui si trovava. Si raccontava che i coralli dell'area custodissero i segreti degli antichi guanches pescatori, e i cavallucci marini erano considerati guardiani di tale conoscenza. Durante un'immersione di routine per raccogliere dati sui coralli, il biologo marino *Dr. Sergio Ruiz* e la sua assistente, *Lucia*, erano spariti senza lasciare tracce. La squadra di Vargas scoprì che entrambi stavano indagando su un antico relitto sommerso, presumibilmente collegato alla leggenda dell'Ippocampo. Il relitto era noto per essere un antico peschereccio che si diceva fosse affondato dopo aver scoperto qualcosa di prezioso.

Un giorno, Vargas ricevette una chiamata da un vecchio pescatore, *Don Mateo*, che sosteneva di aver visto un cavalluccio marino particolarmente grande e luminoso vicino al relitto. Durante le sue ricerche, Vargas trovò un file criptato sul pc del Dr. Ruiz. Le ultime annotazioni indicavano una scoperta sensazionale: una connessione tra il cavalluccio marino e una forma di *"Ram di memoria"* antica, sepolta con il relitto. La squadra tornò al sito del relitto e trovò in una stiva segreta, un'antica cassa custodita dai coralli e da una popolazione di cavallucci marini. All'interno della cassa, invece di un tesoro materiale, trovarono una serie di documenti e pergamene che narravano la storia di un'antica società dei Guanches che aveva progettato di conservare la propria conoscenza tramite un *"archivio vivente"* di cavallucci marini.

Il mistero si infittì quando Vargas scoprì che il Dr. Ruiz e Lucia stavano cercando di decifrare le pergamene e scoprire il segreto dell'Ippocampo.

Tuttavia, la loro ricerca li aveva messi in pericolo, portandoli a essere rapiti da una rete di cacciatori di tesori senza scrupoli che cercavano di appropriarsi dei documenti.

Con l'aiuto del pescatore, Vargas e la sua squadra riuscirono a liberare i ricercatori.

La verità che emerse fu che i rapitori avevano agito per ottenere informazioni con le quali avrebbero permesso loro di sfruttare la leggenda per scopi illeciti.

Il caso si chiuse con la restituzione dei documenti alla comunità scientifica e alla protezione dei coralli e delle specie marine locali.

I cavallucci marini rimasero i custodi silenziosi di antichi segreti, mentre l'ippocampo continuò a rappresentare un simbolo della memoria e conoscenza, sia nella mitologia che nella scienza.

Il mistero dell'Ippocampo e delle sue memorie rimase una leggenda, ma l'azione di Vargas aveva riportato la sicurezza e la verità nella piccola comunità di Tenerife, mantenendo intatta la magia dei cavallucci marini e il loro legame con il passato.

SUICIDI

La città di *San Cristóbal de La Laguna*, con i suoi vicoli acciottolati e le antiche dimore nobiliari, era avvolta da un'atmosfera di fascino e segreti. Tra le sue residenze storiche, spiccava la *Casa Lercaro*, un elegante edificio del XVIII secolo, noto non solo per la sua bellezza architettonica ma anche per una leggenda inquietante che l'aveva avvolto da oltre due secoli.

La storia narrava di *Catalina Lercaro*, una nobildonna che si suicidò nel 1800, e del suo fantasma che, si diceva, continuava a influenzare le tragedie della città.

Nel cuore della Casa Lercaro, le stanze sembravano parlare di un passato tormentato. Gli arredi antichi, i ritratti sbiaditi e i tappeti usurati erano testimoni di una storia che sfumava tra la realtà e la leggenda. La leggenda raccontava che Catalina, oppressa dalla disperazione e dall'isolamento, avesse scelto di porre fine alla sua vita in una delle stanze più fredde della casa, in una notte di luna nuova.

Gli eventi iniziarono a precipitare quando un gruppo di studiosi e investigatori del paranormale, capitanati dal commissario Alejandro Vargas, si avventurò nella Casa Lercaro con l'intento di svelare il mistero.

Vargas, noto per la sua razionalità e per l'approccio scientifico alle indagini, era scettico riguardo ai fantasmi, ma non poteva ignorare i numerosi rapporti di suicidi inspiegabili che sembravano collegarsi alla figura di Catalina. Era una sera d'inverno quando la squadra di Vargas si trasferì nella Casa Lercaro.

La temperatura era scesa, e l'aria all'interno della casa era densa di una tristezza palpabile.

L'indagine iniziò con l'esplorazione dei vari ambienti: il grande salone, il giardino interno e, infine, la stanza dove, secondo la leggenda, Catalina aveva trovato la morte.

La prima notte fu tranquilla, con solo il fruscio del vento che si insinuava tra le finestre antiche. Ma la seconda notte, mentre la luna illuminava il cielo, iniziò a manifestarsi qualcosa di inquietante. I membri della squadra iniziarono a sentire sussurri indistinti e a vedere ombre muoversi nella penombra. Vargas, armato di registratori e telecamere, tentava di catturare qualsiasi evidenza tangibile.

Il punto cruciale dell'indagine arrivò quando il team scoprí un antico diario di Catalina, nascosto in una botola sotto un antico tappeto. Le pagine ingiallite rivelavano una mente tormentata, segnata dalla perdita di un amore impossibile e dalla pressione delle aspettative sociali. Catalina scrisse di un sentimento crescente di disperazione e solitudine, che culminò nella decisione di porre fine alla sua vita.

Con la lettura del diario, il commissario Vargas capí che la sua tragica fine aveva lasciato un'impronta profonda, non solo nella Casa Lercaro, ma anche nelle anime sensibili che vi si avvicinavano. La leggenda diceva che il fantasma di Catalina, in cerca di conforto o di vendetta, influenzava le persone più

vulnerabili, portandole a compiere gesti estremi.

Vargas e la sua squadra analizzarono i casi recenti di suicidi e scoprirono che molte delle vittime avevano avuto contatti con la Casa Lercaro o erano state attratte dalla sua storia. La verità che emerse non fu quella di un fantasma in cerca di vendetta, ma piuttosto quella di un'energia residuale, un'eco di dolore che aveva attraversato il tempo. Vargas concluse che il mito di Catalina Lercaro era alimentato dalla stessa tristezza e disperazione che lei aveva conosciuto, una forza che continuava a influenzare coloro che si avvicinavano troppo al suo passato tormentato.

La Casa Lercaro rimase un luogo di fascino e inquietudine, un ricordo di un'epoca passata e di una donna che, anche nella morte, aveva trovato un modo per connettersi con il mondo, attraverso i legami invisibili del dolore e della disperazione. Vargas lasciò la casa con una nuova consapevolezza: che i fantasmi, a volte, sono solo le ombre delle emozioni non risolte, e che il tempo non sempre guarisce, ma può amplificare le ferite dell'anima.

PARRICIDIO

La separazione tra *Mario e Maria* era diventata una tragedia in cui il rancore e la vendetta avevano preso il sopravvento. Le loro due figlie, *Eli* di un anno e *Ester* di sei, erano rimaste nel mezzo di un conflitto familiare sempre più insostenibile. Maria aveva trovato conforto in Carlos, un uomo che sembrava rappresentare tutto ciò che Mario non era più: gentile, affettuoso e premuroso nei confronti delle bambine.

Quando la custodia delle figlie fu affidata a Maria, Mario non poté sopportare l'idea di perderle. Nella sua mente, la vendetta divenne l'unico modo per riequilibrare la bilancia della sua rabbia e del suo dolore. Elaborò un piano diabolico, convinto che solo con la sofferenza avrebbe potuto trovare pace.

Una notte, avendo conservato le chiavi di casa, Mario riuscì a entrare furtivamente de a sequestrare le bambine addomentate chiudendole in un baule.

Mario, con un cuore gelido e senza rimorsi, trasportò il baule fino alla casa del padre, un uomo ormai anziano che viveva in una località isolata.

Una volta giunto lì, Mario commise l'irreparabile: uccise le bambine e le sistemò in borse sportive e sacchi di spazzatura. Il suo piano prevedeva di gettare i corpi in mare, in un punto di profondità inaccessibile, per farli sparire per sempre. Con la barca di famiglia, salpò verso oceano aperto, a circa mille metri di profondità. Il commissario Alejandro Vargas, incaricato dell'indagine, seguì le tracce del caso con dedizione. Utilizzando le risorse dell'istituto idrologico e geografico della marina, riuscì a localizzare uno dei corpi: Ester, la figlia maggiore, fu trovata in fondo al mare. Ma la piccola Eli, che era stata chiusa in un sacchetto, non fu mai ritrovata. Le correnti e la fauna marina avevano probabilmente disperso il sacchetto, rendendolo impossibile da recuperare. L'investigazione di Vargas portò anche alla scoperta che Mario nel sentirsi braccato dalla Guardia Civil, aveva utilizzato un dispositivo di zavorra per facilitare il suo piano, un cinturone con pesi e bombole d'ossigeno per poter affondare in profondità.

Tuttavia, i tentativi di trovare il corpo di Eli e quello di Mario si rivelarono infruttuosi. La mancanza di fondi, con costi di ricerca che ammontavano a circa 20.000 euro al giorno, rese impossibile continuare le operazioni. Il caso rimane aperto, con il mistero della piccola Eli e del suo assassino che aleggia sul mare di Tenerife, un'ombra inquietante che persiste nella memoria dell'isola.

N.B. *Basato su fatti reali*

INFERNO SU TENERIFE

Sull'isola di Tenerife, ogni anno si verifica un disastro forestale di proporzioni catastrofiche: vaste aree di vegetazione autoctona vengono devastate da incendi che sembrano scoppiare senza spiegazione. La popolazione è sconvolta e frustrata, ma non ha mai trovato una spiegazione concreta. Tutto cambia quando i sospetti ricadono su un piromane enigmatico.

Il commissario Alejandro Vargas, noto
per la sua acuta intuizione e dedizione, viene incaricato di risolvere il mistero degli incendi.

Vargas è scettico inizialmente, credendo che si tratti di incidenti causati da condizioni meteorologiche estreme e turisti maldestri. Tuttavia, una serie di indizi lo spingono a considerare un'ipotesi più sinistra. Durante le sue indagini, Vargas scopre una connessione tra gli incendi e le fasi lunari. Ogni rogo sembra essere pianificato e messo in atto con precisione chirurgica. I testimoni raccontano di aver visto ombre misteriose vicino ai luoghi degli incendi poco prima che scoppiasse il fuoco. Le ombre si associano a un vecchio ritiro di eremiti nel bosco, un luogo leggendario considerato abitato da un gruppo di uomini misteriosi e reclusi.

Vargas esplora il ritiro e scopre un diario in cui sono registrati i dettagli

di rituali incendiari eseguiti dal presunto piromane , un uomo di nome *Lucas Navarro,* noto come *"Il Fuoco della Luna".*

Il diario rivela che Navarro è un uomo ossessionato da antiche credenze legate alla purificazione attraverso il fuoco e che ritiene di dover *"purificare"* l'isola dai suoi peccati. Per avvicinarsi al sospettato, Vargas si finge un investigatore privato che cerca la verità dietro i roghi. La sua indagine lo porta a scoprire che Navarro ha una rete di complici che lo aiutano a scatenare gli incendi mentre lui si nasconde nel ritiro per evitare di essere catturato. Questi complici sono persone che hanno subito ingiustizie o fallimenti e che, disillusi dal mondo, hanno trovato nel piromane una causa per cui combattere.

L'indagine di Vargas lo conduce a una serie di confronti pericolosi e stratagemmi per catturare Navarro. Una notte, durante una fase di luna piena, Vargas e la sua squadra organizzano una trappola per catturare il piromane mentre sta appiccando un altro incendio.

Il piano funziona parzialmente, e Navarro riesce a scappare, ma Vargas trova elementi cruciali che lo portano a un confronto finale con il piromane in un bosco sulla corona forestale del Teide in fiamme.

In un drammatico scontro tra il commissario e Navarro, Vargas riesce a catturare il piromane proprio mentre il fuoco minaccia di avvolgerli. Con il folle in arresto, Vargas scopre che il vero movente dietro gli incendi era solo una vendetta personale contro chi lo aveva tradito in passato e che il fuoco era un mezzo per attirare l'attenzione su di sé e sulla sua causa.Con il suo arresto e lo smantellamento della sua rete, l'isola di Tenerife può finalmente iniziare a guarire dai danni causati dai roghi annuali. Vargas riflette sulla natura complessa della vendetta e sulle ferite lasciate dalla distruzione, mentre l'isola inizia a ricostruire e a recuperare la sua bellezza naturale.

IL BIMBO SCOMPARSO

Nel cuore della pace apparente che preserva sempre la magnifica isola di Tenerife, l'ufficio del commissario Alejandro Vargas era attraversato da un'energia tesa e palpabile.

Il commissario, un uomo di media età con occhi acuti e un'aria di determinazione incrollabile, era immerso nella lettura di una segnalazione urgente. Un bambino di dodici anni, *Felix*, era scomparso misteriosamente mentre si trovava sul traghetto in viaggio verso l'isola del Hierro per trascorrere una settimana insieme ai nonni.

La notizia era giunta a Tenerife con un ritardo che non faceva altro che complicare le cose.

Vargas alzò lo sguardo verso la finestra, il pensiero ancorato al piccolo Felix. Aveva già ordinato l'avvio delle indagini e convocato la sua squadra. Tuttavia, l'inquietudine si fece più intensa quando ricevette una comunicazione speciale. Una linea di contatto sicura si attivò nel suo auricolare, segno che il suo nuovo alleato era pronto.

"Commissario Vargas, sei online?" La voce era quella di Ricardo Ortega, il nuovo membro della squadra: un ex poliziotto che aveva avuto una brillante carriera fino a un tragico incidente durante una operazione antidroga che lo aveva lasciato paraplegico.

Ora, Ortega operava attraverso un sofisticato sistema di comunicazione, supportando Vargas con le sue indagini dalla postazione di casa. "*Ricardo, ciao,*" rispose Vargas. "*Abbiamo un caso difficile. Un bambino è scomparso sul traghetto per Hierro. È il momento di metterci al lavoro.*" Ortega, dalla sua sedia ergonomica e attrezzata con vari monitor, iniziò subito a consultare le informazioni. "*Ho appena controllato i registri del traghetto. Felix era un passeggero registrato, ma nessuno ha notato niente di strano.*"

"*Segui il tragitto del traghetto e verifica se ci sono stati rapporti di movimenti insoliti o segnalazioni di comportamento sospetto,*" ordinò Vargas.

La squadra di Vargas, composta da esperti investigatori e specialisti in criminologia, si preparava a partire verso il porto. Era evidente che la situazione richiedeva un'azione immediata e coordinata. Tuttavia, l'assenza di prove concrete e la mancanza di indizi iniziali rendevano il caso ancor più complesso.

Nel frattempo, il traghetto che trasportava Felix verso Hierro era stato ispezionato minuziosamente, ma senza risultati significativi. Le telecamere di sicurezza avevano registrato il viaggio senza rilevare nulla di anomalo.

"*Ho trovato qualcosa,*" interruppe Ortega con una nota di urgenza nella voce. "*C'è un passeggero che ha dichiarato di aver visto un bambino aggirarsi da solo vicino al ponte principale poco prima che il traghetto arrivasse a Hierro. Potrebbe essere una pista da seguire.*"

Vargas appuntò il dettaglio e ordinò alla squadra di indagare su questa testimonianza. Sapevano che il tempo era un fattore cruciale e ogni minuto poteva fare la differenza nella ricerca di Felix.

Mentre le indagini sul traghetto proseguivano, Vargas e Ortega continuavano a discutere delle potenziali linee di ricerca.

L'atmosfera intorno a loro era tesa e il senso di urgenza si faceva sempre più palpabile. La tranquillità di Tenerife, apparentemente immutata, contrastava drammaticamente con l'intensità della situazione che si stava sviluppando. La giornata avanzava e le speranze di risolvere il caso sembravano svanire lentamente. Ad ogni ora che passava, la pressione aumentava e la ricerca di Felix diventava sempre più complicata. Vargas e Ortega sapevano che dovevano agire rapidamente per riportare il bambino a casa sano e salvo. La scomparsa di Felix non era solo un enigma da risolvere, ma una questione di vita o di morte. Le ore erano passate e l'oscurità cominciava a calare su Tenerife. La quiete della sera non aveva ancora restituito le risposte sperate. Il commissario Vargas e la sua squadra erano stanchi, ma non si davano per vinti.

L'ultimo aggiornamento di Ortega aveva fornito una nuova direzione: l'uomo che aveva visto Felix vicino al ponte principale del traghetto si era rivelato un turista tedesco di nome *Klaus Meier*.

Meier era stato rintracciato e interrogato in dettaglio. Le sue dichiarazioni sembravano sincere, ma non fornivano informazioni concrete su cosa fosse accaduto al bambino dopo averlo visto.

Tuttavia, Vargas e Ortega non avevano intenzione di lasciarsi scoraggiare. Decisero di analizzare in profondità il profilo del turista e i suoi movimenti.

"Commissario, ho trovato qualcosa di interessante," disse Ortega, mentre scrutava attraverso i dati sul suo schermo. *"Klaus Meier ha recentemente effettuato una prenotazione in un hotel vicino al porto di Hierro. Potrebbe essere utile verificarlo."* Vargas, con la squadra, si recò all'hotel di Hierro.

Lì, le indagini iniziarono a dare qualche frutto. Il personale dell'hotel confermò che Meier era stato un ospite e che aveva lasciato l'albergo improvvisamente, poco dopo l'arrivo del traghetto. Una testimonianza dell'addetto alla reception rivelò che Meier era stato visto parlare animatamente con un uomo misterioso.

Il commissario ordinò di rintracciare quest'uomo misterioso.

Grazie alle telecamere di sorveglianza dell'hotel e ai dati raccolti, fu possibile identificare il sospetto come un uomo di nome *Emilio Serrano*, noto per i suoi legami con il crimine organizzato. Serrano era già noto alle forze dell'ordine per attività illecite, e la sua connessione con il caso cominciava a prendere forma.

Le indagini si spostarono rapidamente su Serrano.

Vargas e la sua squadra iniziarono una perlustrazione dei luoghi frequentati dall'uomo. Con l'aiuto di Ortega, che monitorava la situazione da remoto, trovarono una pista:

Serrano era stato avvistato in una zona periferica di Hierro, in prossimità della cappella della Virgen de los Reyes.

La squadra di Vargas si recò immediatamente sulla montagna.

Con cautela, entrarono nella chiesetta consacrata, facendo attenzione a non fare rumore. I loro cuori battevano forte, e l'atmosfera era carica di tensione. Le statue sacre e i confessionali bui nascondevano il mistero che stavano cercando di risolvere.

Finalmente, uno degli uomini della squadra Victor, trovò una porta nascosta che dava accesso della sacrestia.

La porta era bloccata con un pesante catenaccio, e Vargas ordinò di forzarla. Dietro la porta, in una stanza angusta e buia, trovarono Felix, legato ma in buone condizioni. Era spaventato ma vivo.

Felix fu liberato e portato in salvo. I soccorritori lo trattarono con grande attenzione mentre veniva condotto in ospedale per accertamenti. Vargas e la sua squadra arrestarono Serrano, che tentò di difendersi con un racconto confuso e contraddittorio. Era chiaro che aveva rapito Felix con l'intento di chiedere un riscatto, ma il piano era andato storto. Con Felix al sicuro e Serrano in custodia, la missione sembrava essere completata.

Tuttavia, Vargas non dimenticò il contributo fondamentale di Ricardo Ortega.

La sua esperienza e le sue intuizioni avevano giocato un ruolo cruciale nella risoluzione del caso.

"Grazie, Ricardo,"

disse Vargas mentre si preparava a chiudere la comunicazione.

"Non ce l'avremmo mai fatta senza di te." "È stato un piacere aiutarti, commissario. Alla prossima sfida," rispose Ortega, con un tono di orgoglio e soddisfazione. La tranquillità di Tenerife tornò lentamente, ma stavolta non era solo una calma apparente.

Era la tranquillità che seguiva la risoluzione di un caso complesso e la salvezza di un bambino. Vargas e la sua squadra avevano ancora molto lavoro davanti a loro, ma sapevano che, con alleati come Ortega, erano pronti a affrontare qualsiasi sfida.

IL CAMPER

Nel cuore della notte, l'isola di Tenerife era immersa in un silenzio inquieto. La calima densa aveva lasciato dietro di sé un cielo grigio e l' aria irrespirabile , la luna illuminava appena le strade deserte. Alejandro Vargas, commissario della.guardia.civile, era nel suo ufficio, immerso in una montagna di documenti e mappe.

Il caso dell'assassino in libertà lo tormentava. Le vittime erano state trovate in luoghi isolati e i testimoni avevano segnalato la presenza di un camper bianco con una lunga striscia color lilla che lo divideva a metà, in prossimità dei crimini, ma il veicolo sembrava scomparire ogni volta che la polizia cercava di tracciarlo.

Ortega, il suo collega paraplegico, era l'unico che riusciva a mantenere un contatto costante con Vargas grazie ai suoi avanzati strumenti informatici e alla sua abilità nell'analizzare dati complessi.

"*Alejandro, ho un aggiornamento sui movimenti del camper,*" disse Ortega attraverso l'auricolare, la sua voce calma ma tesa. "*Ho esaminato i dati delle segnalazioni di avvistamenti e sembra che il camper segua un percorso ben definito, ma non sembra passare mai due volte nello stesso posto. Dobbiamo trovare un modo per prevedere la sua prossima mossa.*" "*E come suggerisci di fare?*" Chiese Vargas, il tono frustrato ma curioso.

"*Ho esaminato i dati e ho individuato un modello nei movimenti del camper, Il killer rapisce le vittime in aree turistiche e poi si rifugia in zone nascoste e remote per compiere i suoi crimini. Dopo, si sposta in luoghi frequentati da camperisti per confondersi tra di loro e passare inosservato. Dobbiamo concentrare le nostre ricerche in questo tipo di territori dove potrebbe cercare di mimetizzarsi e così, potremmo riuscire a localizzare il suo veicolo.*" spiegò Ricardo Ortega. Con questa nuova informazione, Vargas cominciò a esaminare le mappe dell'isola, evidenziando le aree che potevano corrispondere ai luoghi indicati.Concentrandosi sul sud dell'isola, iniziò a notare un modello . ricorrente: il camper sembrava muoversi verso luoghi vicini ai margini dei paesini costieri, dove la possibilità di scegliere le sue vittime era più vasta data la concentrazione turistica.

"*Ricardo, guarda questi punti che ho evidenziato,*"

Disse Vargas, mostrando le aree sospette.

"*Sembra che il nostro assassino stia cercando di nascondersi in zone che offrono una copertura naturale, unendosi ad altri camperisti.*"

"Esatto!" Rispose Ortega.

"Potremmo esaminare i registri delle aree di sosta di campeggiatori per verificare se ci sono stati movimenti insoliti. Inoltre, controlla le vendite di materiali essenziali per camper e roulotte , multe e permessi richiesti a la policia urbana per sostare nella zona".

Vargas e il suo team iniziarono a scavare nei registri e presto emerse un dettaglio: un camper come quello della descrizione era stato visto regolarmente presso un'area di sosta vicino a *Los Cristianos*. Anche se il nome del proprietario era falso, le indicazioni di dove prbabilmente era posteggiato erano state riportate da un piccolo negozio di caccia e pesca che forniva liquido per i piccoli inodori delle carovane.

"Questo potrebbe essere un indizio cruciale" Disse Vargas.

"Dobbiamo parlare con il proprietario del negozio. Potrebbe aver visto qualcosa di utile." Arrivati al negozio, il proprietario si mostrò nervoso ma confermò di aver visto un camper bianco con una lunga striscia rossa, che perimetrava il mezzo spesso parcheggiato vicino alla sua attività mentre si riforniva anche di ami e lenze per la pesca.

"Sì, c'era un tipo strano, sempre da solo, che veniva a comprare rifornimenti." Spiegò, ma, non ricordava molto altro.

Seguendo questa pista, Vargas e la sua squadra passarono al setaccio la zona di Los Cristianos , monitorando luoghi dove il camper poteva nascondersi.

Fu quando esaminarono una piccola area di sosta per caravan, poco visibile dalla strada principale, che trovarono il camper , parcheggiato sotto la montagna in fondo alla.cittadina di Los Cristianos
"Ricardo, abbiamo trovato il camper,"
comunicò Vargas attraverso l'auricolare.
"Ma è il momento di agire con cautela."
Mentre si avvicinavano al camper, l'oscurità e il silenzio del luogo aumentavano la tensione. Vargas notò che la porta del veicolo era leggermente aperta e decise di entrare con attenzione. All'interno, trovò prove inquietanti:oggetti personali appartenenti alle vittime, un diario con dettagli delle sue atrocità e segni di lotta. Improvvisamente, un rumore proveniente dal retro del camper lo fece sobbalzare.

Vargas si girò e vide l'assassino tentare di fuggire per il finestrone posteriore del camper. Un inseguimento frenetico cominciò, tra il parcheggio e la montagna, con Vargas che riuscì infine a raggiungere il criminale, lo afferrò per il polpaccio sull orlo del dirupo che dava sulla scogliera sovrastante la pescifattoria di branzini, e precipitó senza scampo contro le rocce sottostanti. Quando le forze dell'ordine arrivarono, l'area di sosta divenne un luogo di attività frenetica. Ortega, attraverso l'auricolare, lodò il lavoro di Vargas, ma entrambi sapevano che, avrebbe continuato a risuonare sebbene il caso fosse risolto, l'eco della paura e della sofferenza sull'isola.

Vargas guardò il mare mentre l'alba dipingeva il cielo di rosa. L'isola era finalmente in pace, ma il ricordo dell'orrore rimaneva.

LA CORSA SADICA

L'aria frizzante di Tenerife avvolgeva il monte Teide, un colosso silenzioso che svettava sopra foreste di pini , immersa in un crepuscolo di colori purpurei e arancioni. Era lì, nel cuore di quest'isola vulcanica, che il commissario Alejandro Vargas e il suo collega Ricardo Ortega erano chiamati a indagare su un caso inquietante che aveva scosso la.guardia forestale che non riusciva a dare nessuna spiegazione a ciò che stava accadendo tra i boschi.

Le prime segnalazioni erano arrivate in modo sporadico, frammenti di notizie sui rapporti clinici dei centri di salute e pronto soccorso che sulle persone avevano riscontrato multiple ferite sul volto e lividi in tutto il corpo senza nessuna valida spiegazione, anzi, tutte scuse troppo banali e assurde.

La testimonianza di un contadino presa.dal *"Seprona"*, (l' organismo di protezione del Teide), dichiarava d aver avvistato delle persone bendate, legate e costrette a correre giù per le pinete, come se fossero prede di un gioco crudele.

Seduto al suo desk, Ortega, inquadrato dalla telecamera del suo laptop, osservava attentamente le immagini delle telecamere di sorveglianza situate furtivamente tra gli alberi dopo una serie d incendi avvenuti gli ultimi mesi sull isola.

"Alejandro, i segnali indicano che il luogo indicato dal contadino potrebbe essere un ex campo di addestramento militare," Suggerì Ricardo con calma, i suoi occhi fissi sullo schermo. *"Devi fare attenzione, potrebbero esserci trappole."*

Vargas annuì, mentre si avvicinava al luogo dell'accaduto, un'area isolata del parco naturale. Giunto sul posto, trovò segni evidenti di attività recente: tracce di corsa, rami spezzati, macchie di sangue residue appiccicate ad alcuni pini e resti di oggetti personali. Ma più inquietante era la sensazione di essere osservato.

All'improvviso, il rumore di un telefono rotto tra i cespugli attirò la sua attenzione. Vargas lo sollevò e trovò un messaggio criptico,: *"Il gioco è appena iniziato."* Era chiaro che il rapitore stava giocando con loro, un sadico burattinaio che trovava divertente il panico delle sue vittime.

Ricardo, percependo la tensione, continuava a monitorare la rete e fornire indicazioni a Vargas. *"Alejandro, c'è un'area non segnalata nel sistema di sicurezza. Potrebbe essere un nascondiglio."*

Vargas seguì le indicazioni e si addentrò in una caverna naturale, le sue torce illuminavano le pareti di pietra lavica scura. All'interno trovò un gruppo di persone, legate e spaventate, con segni evidenti di abuso fisico e psicologico. Ma, tra di loro, c'era anche un uomo con uno strano sorriso maligno, era l unico a non gridare, e non aveva nessuna traccia sui vestiti di sporcizia o strappi negli indumenti come tutti gli altri...era il rapitore stesso! *"Finalmente ci incontriamo,"* disse l'uomo, con voce gelida.

"Pensavo che avresti trovato la mia piccola sfida interessante." Il confronto fu rapido e violento.

Vargas, con la sua esperienza e determinazione, riuscì a neutralizzare il rapitore, mentre Ricardo coordinava le operazioni di salvataggio a distanza.

Con le forze di sicurezza accorse sul posto, le vittime furono liberate e portate in salvo.

Una ragazza con il viso intarsiato da molteplici cicatrici raccontò agli agenti che il gioco perverso del rapitore consisteva nel reclutare persone bisognose di denaro per partecipare con una ricompensa di 50 mila euro per chi avesse raggiunto la spianata in fondo al bosco. Lei lo sapeva bene perché era la seconda volta che cercava di vincere la gara.

Al termine dell'operazione, mentre le prime luci dell'alba illuminavano il Teide, Vargas si fermò a riflettere sulla crudeltà del gioco. *"Era solo l'inizio,"* commentò Ortega, la sua voce carica di una tristezza palpabile.

"Ma abbiamo dimostrato che la giustizia, anche tra le ombre, trova sempre la sua strada."

Il commissario annuì, consapevole che, nonostante il successo dell'operazione, non riusciva a scrollarsi di dosso la sensazione di inquietudine.

"Quel maledetto sadico ha orchestrato questo gioco con una freddezza e una precisione agghiaccianti,"

Rifletté, tornando alla base. *"Il fatto che abbia lasciato un messaggio indica che potrebbe esserci qualcosa di più grande dietro,"* Rispose Ortega, revisionando i dati. *"Dobbiamo capire se dietro tutto questo c'é dell altro."*

Il giorno dopo, la stampa locale parlava del salvataggio come di un atto eroico, ma Vargas e Ortega sapevano che il pericolo poteva non essere finito.

Avevano fermato un torturatore, ma il mistero e la crudeltà che avevano incontrato poteva essere solo una parte di qualcosa di più complesso. *"Non possiamo abbassare la guardia."*

Esclamarono all' unisono Vargas e Ortega nello stesso istante davanti ai colleghi della squadra.

Passato qualche giorno, l'ufficio di Vargas era immerso in un'atmosfera di intensa concentrazione. Ricardo Ortega, ormai un esperto nel decifrare dati, aveva passato tutta la notte analizzando un file criptato trovato tra le informazioni del rapitore. Con uno scossone nervoso, annunciò al commissario,

"Alejandro, credo di aver trovato qualcosa di significativo."

"Che cosa?"

Chiese Vargas, sporgendosi verso lo schermo. Ortega gli mostrò un elenco di nomi e indirizzi, associati a codici e date precise.

"Questi sembrano essere contatti e luoghi chiave. Alcuni sembrano centri di addestramento e capannoni. Potrebbero essere utilizzati per altre operazioni di questi maledetti sadici!" Vargas e Ortega iniziarono a seguire le tracce. Le indagini portarono la squadra del commissario a una vecchia fabbrica abbandonata di sigarette, situata in Victoria de Acentejo, al nord dell'isola, trasformata in un laboratorio clandestino con circuiti segnati con dei cordoli lungo il percorso, tunnel di filo spinato, tappeti di cristalli rotti, perfino dei tubi lunghissimi sigillati ermeticamente con delle prese per condurre del gas provenienti da bombole di butano.

Quando Vargas entrò nella fabbrica, si trovò di fronte questa scena agghiacciante e parecchi segni di violenza accompagnati da vere e proprie pozzanghere di sangue oramai coaugulato.

Un rumore di passi accelerati attirò l'attenzione di Vargas verso una porta nascosta. Con un calcio deciso, aprì la porta rivelando un gruppo di uomini e donne in abiti neri, intenti a preparare un'altra sessione di sadismo e tortura. I complici, sorpresi e incapaci di reagire immediatamente, furono arrestati senza esitazione.

Tra di loro c'era un uomo di mezza età con un sorriso inquietante, riconosciuto da Vargas come il leader e socio non solo in affari del folle arrestato sul Teide, si trattava di una rete di sadici. "Pensavate davvero di sfuggirci così facilmente?" disse con arroganza.

"Abbiamo visto cosa fate," rispose Vargas,
"Ora è finita!"

Le indagini continuarono, rivelando un'organizzazione molto più ampia di quanto inizialmente pensato. Ogni arresto svelava nuovi dettagli su una rete di torturatori e sadici che avevano operato nell'ombra, sfruttando la paura per ottenere guadagni illeciti con registrazioni di video del genere *"Snap"* ricercatissimi nella *dark web*. Ricardo Ortega, attraverso le sue analisi, scoprì che l'organizzazione aveva un piano per ampliare il loro gioco crudele in altre aree del mondo. Con i dettagli delle loro operazioni e i loro legami, Vargas e Ortega riuscirono a smantellare la rete e prevenire ulteriori atti di violenza. Nel frattempo, Vargas rifletteva sul prezzo dell'orrore che avevano visto. *"Questo è solo un piccolo segmento di un male più grande,"* Disse a Ricardo.

"Ma abbiamo fatto la nostra parte." Con i complici arrestati e la rete smantellata, Tenerife tornò lentamente alla normalità. Tuttavia, Vargas e Ortega sapevano che la loro lotta contro la crudeltà e l'oscurità continuava.

Ogni caso risolto era solo un passo verso la costruzione di un mondo più giusto, e i due detective erano determinati a continuare la loro missione, consapevoli che la battaglia contro il male era una maratona, non una corsa.

LA CASA ROTONDA

La casa rotonda sul mare dominava il paesaggio costiero con la sua architettura bizzarra e il suo aspetto inquietante. Le finestre a forma di occhi sembravano scrutare il mare in eterno, mentre le onde infrangevano la scogliera con un rumore cupo e regolare. Era un posto ideale per chiunque volesse passare una serata un po strana, con degli amici o ragazze per fare.colpo, ma quella sera, la casa avrebbe attirato una serie di eventi che avrebbero sconvolto la tranquilla località dell isola.

Il commissario Alejandro Vargas e il suo team della Guardia Civil stavano indagando su una serie di omicidi misteriosi.

I cadaveri di persone anziane, tutte oltre i settant'anni, erano stati rinvenuti ancorati sul fondo del mare. Il modus operandi era sconosciuto, e ogni corpo aveva segni di violenza che non riuscivano a essere collegati a un'unica causa.

"Commissario, stiamo esaminando le ultime vittime,"

Annunciò Ricardo Ortega tramite l'auricolare, la sua voce calma e misurat a nonostante non fosse sul campo. *"Ho trovato un legame tra tutti: erano tutti clienti di un'agenzia di viaggi di lusso."* *"Interessante,"* rispose Vargas, mentre scrutava la casa rotonda da lontano. *"Potrebbe essere una pista."* Nel frattempo, un gruppo di ragazzi stava giocando sulla spiaggia vicino alla villa, ignari della sinistra attrazione che si ergeva vicino a loro. Quegli schiamazzi e risate riempivano l'aria mentre rincorrevano una palla. Ma il loro divertimento fu bruscamente interrotto quando uno di loro, mentre scavava nella sabbia, scoprì una macabra sorpresa: una mano scheletrica emergeva dal bagnasciuga.

Vargas e la sua squadra accorsero immediatamente. L'orrore e la confusione si mescolavano mentre si rendevano conto che il corpo appena scoperto era l'ultimo di una lunga serie. Ma la scoperta più scioccante arrivò quando, esaminando più a fondo, trovarono indizi che collegavano le vittime alla villa rotonda.

"Ricardo, abbiamo bisogno di un aiuto urgente,"
Disse Vargas mentre si avvicinava alla casa.

"Abbiamo trovato un collegamento tra le vittime e questa casa. C'è qualcosa di strano, e sento che la soluzione potrebbe trovarsi qui." *"Sto analizzando i documenti e identità delle vittime,"* Rispose Ricardo.

"Credo che stiamo per scoprire qualcosa di grandePreparati a tutto. Sono tutte ricche.persone anziane. sparite da ogni parte del mondo!"

Mentre Vargas e la sua squadra perquisivano la villa, scoprirono che l'interno era un labirinto di stanze e passaggi segreti. Ogni curva delle pareti della casa sembrava nascondere un segreto oscuro. Le tracce portavano a una sala nascosta dove trovarono un computer con degli indizi che indicavano che la villa era stata usata come facciata per operazioni illecite.

In un confronto finale con il colpevole, Vargas scoprì che il responsabile non era altro che il proprietario della villa, un uomo ricco e rispettato che aveva architettato gli omicidi per eliminare testimoni scomodi che avevano minacciato di svelare le sue operazioni illegali. Nella sala segreta della villa rotonda, Vargas e il suo fedele amico Ortega che seguiva tutte le informazioni e spostamenti tramite i suoi preziosi programmi informatici, misero alla luce la vera natura delle operazioni illegali condotte dal proprietario, *Don Luis Salgado.*

I documenti rivelavano che la villa era la sede centrale di una sofisticata rete di traffico di beni rubati e riciclaggio di denaro, sottratti ai ricchi anziani turisti che villeggiavano sull isola. Salgado utilizzava la sua agenzia di viaggi di lusso come copertura per spostare e occultare beni di valore rubati da tutto il mondo, trasformando il denaro sporco in investimenti leciti attraverso una fitta rete di società fittizie e conti bancari offshore. La risoluzione del caso portò sollievo agli isolani, ma la casa rotonda sul mare rimase un simbolo di paura e oscurità.

LA DEA DELLA FERTILITÁ

In una notte silenziosa sull'isola di Tenerife, il *Museo Guanche di Santa Cruz* si preparava alla chiusura. Nessuno sospettava che la secolare statua della Dea della Fertilità, un pezzo d'arte unico e venerato, sarebbe stata rubata.

La statua, che raffigurava una figura femminile con seni prosperosi, era avvolta in leggende antiche: si diceva che posizionarla sotto il letto nuziale garantisse una gravidanza.

Il furto avvenne con una precisione chirurgica. Il ladro, un ricco imprenditore di nome *Rodrigo Alvarez*, aveva pianificato tutto nei minimi dettagli. Quella notte, mentre il museo era immerso nel silenzio e nella tranquillità, Rodrigo eluse le misure di sicurezza con una facilità inquietante.

La statua venne occultata in una delle sue numerose proprietà, un'elegante villa sulle colline di Santa Cruz. Le indagini sull'irregolarità non tardarono ad iniziare.

Il commissario Alejandro Vargas, un investigatore noto per la sua tenacia e acume, venne chiamato come sempre a occuparsi del caso.

Vargas, un uomo dalla mente acuta e dal carattere determinato, aveva una reputazione di risolutore di enigmi complessi. Esaminò il museo e le sue telecamere di sicurezza, trovando tracce che indicavano una pianificazione meticolosa e un infiltrato esperto.

Le indagini portarono Vargas a scoprire che il furto era stato perpetrato da *Rodrigo Alvarez*, un uomo di grande influenza e ricchezza, noto per la sua ossessione verso l'arte e le reliquie antiche. Il commissario, intraprendente e deciso, si recò subito alla villa per interrogare il sospettato. Tuttavia, Alvarez sembrava apparentemente tranquillo e dava risposte esaurienti per il pubblico ministero.

Vargas decise di approfondire l'aspetto misterioso della statua. Chiese al professor *Rafael Ramos*, un esperto di cultura Guanche, di spiegargli le leggende legate alla *Dea della Fertilità*.

Ortega gli rivelò che la statua era considerata sacra e che, secondo le antiche credenze, chi l'avesse sottratta inpropriamente avrebbe attirato una maledizione.

Nel frattempo, la vita di Rodrigo Alvarez e di sua moglie, *Teresa*, cominciava a deteriorarsi per i continui insuccessi di divenire genitori.

Ecco che con l aiuto della statuetta finalmente Teresa rimase incinta e giá dopo i primi mesi di gestazione si poteva osservare che era visibilmente turbata, cominciò a sognare incubi inquietanti, mentre Alvarez tentava di mantenere la sua immagine di uomo di successo.

Vargas, seguendo una pista che sembrava sfuggente, scoprì i segni di una maledizione che aveva colpito la famiglia: malattie inspiegabili, sprazzi di follia al limite dell'autolesionismo. L'investigatore, ormai convinto che il furto avesse scatenato una maledizione, cercò disperatamente di recuperare la statua e restituirla al museo. Le sue ricerche lo portarono a confrontarsi con Rodrigo, il quale, visibilmente in preda al panico, tentava di scagionarsi. La villa di Alvarez si era trasformata in un luogo di rovina e disperazione.

Nonostante gli sforzi di Vargas, la statua rimase misteriosamente scomparsa.

Le autorità non trovarono mai un altro indizio che potesse condurli al suo ritrovamento. Santa Cruz, con la sua popolazione intimorita dalla maledizione che aveva colpito Alvarez, cominciò a raccontare storie di sventure e maledizioni legate alla Dea della Fertilità. Il commissario Vargas, ora riconosciuto per il suo coraggio nell'affrontare il caso, rimase sorpreso dal potere oscuro che aveva scoperto. La sua carriera ne uscì cambiata, e le sue esperienze a Tenerife gli fecero comprendere che talvolta le leggende non sono solo racconti, ma verità avvolte nel mistero.

La statua della Dea della Fertilità rimase nascosta, forse distrutta o forse ancora in attesa di una nuova opportunità per mietere la sua vendetta. Santa Cruz non dimenticò mai la lezione che la statua aveva insegnato: ciò che sembra una benedizione può nascondere una maledizione ineluttabile, e il desiderio più ardente può trasformarsi nella nostra peggior condanna.

L'APP

Ricardo Ortega stava setacciando i dati dei server compromessi quando notò un dettaglio che lo colpì: un frammento di codice contenente un riferimento a un indirizzo IP nascosto, regolarmente connesso a una rete di server proxy.

Esaminando ulteriormente, scoprì che uno dei server proxy si trovava sorprendentemente a Tenerife, connesso a una rete di traffico internet che portava direttamente all'isola.

La coincidenza era troppo forte per essere ignorata: l'hacker stava operando da Tenerife, proprio mentre moltissimi cittadini Spagnoli entravano in una spaventosa crisi. Ortega comunicò subito la scoperta a Vargas, rendendosi conto che 1 unica maniera per risolvere il caso era molto più vicina di quanto avessero immaginato.

La notte scendeva silenziosa, e l'oscurità avvolgeva la villa isolata nel sud dell'isola. Alejandro Vargas, commissario della Guardia Civil, stava per affrontare il suo caso più intricato.

La sua squadra era in posizione, pronta a fare irruzione in quell'edificio sospettato di ospitare l'hacker responsabile di una crisi nazionale.

Ricardo Ortega, il suo collega, era al lavoro davanti alla sua postazione.

La sua voce, fredda e professionale, risuonava attraverso la radio. «Alejandro, ti ho inviato l›ultimo aggiornamento. L›applicazione di cui ti ho parlato è più sofisticata di quanto pensassimo. Non è solo un software malevolo, ma una vera e propria trappola psicologica» Spiegò Ortega.

«Il malware si presenta come un›app no*rmale, si sta istallando automaticamente su ogni schermo dei cellulari sul territorio Spagnolo! Una volta aperta, visualizza una spirale rotante che ipnotizza l'utente. L'effetto è talmente potente che le persone non possono distogliere lo sguardo.*»

Vargas annuì, comprendendo la gravità della situazione. «E quali sono gli effetti?»

«*Una volta che l'utente è ipnotizzato, l'app chiede l'autorizzazione per accedere ai dati bancari. E in quel momento, può trasferire tutto il denaro del conto corrente su un conto anonimo, lasciando la vittima completamente in miseria*» Spiegò Ortega.

«Le segnalazioni sono aumentate. Abbiamo casi di famiglie ridotte sul lastrico, persone che hanno perso tutto in pochi minuti.» Vargas e la sua squadra si avvicinarono all'ingresso della villa con cautela. Forzarono la porta e si trovarono in una stanza buia, illuminata solo dai monitor che emettevano una luce bluastra. Al centro, un uomo con un grosso paio d occhiali simili a quelli che si usano in piscina, era concentrato su una tastiera, i suoi occhi fissi sullo schermo dove girava la spirale ipnotica«Fermo!» ordinò Vargas, puntando la pistola. L'hacker, sorpreso, tentò di chiudere i programmi, ma gli agenti lo bloccarono subito.Mentre i poliziotti ammanettavano l'hacker, Vargas ispezionò i computer.

Sullo schermo principale, la spirale continuava a girare inesorabilmente. Era chiaro che l'app era progettata per esercitare un controllo totale sull'utente.

«Abbiamo trovato abbastanza prove», disse Vargas via radio a Ortega. «Assi*curati di estrarre tutto il codice e di fermare ogni traccia del malware.*»

Ortega lavorò intensamente tutta la notte per disattivare l'app e per ripristinare i dati delle vittime.

«Dobbiamo avvertire le banche e le istituzioni per recuperare i fondi rubati», aggiunse.

«E dobbiamo assicurarci che nulla di simile possa accadere in futuro.» Con l'hacker in custodia e l'app finalmente neutralizzata, Vargas e Ortega avevano messo fine a una minaccia che aveva scosso profondamente la società.

TESTE DI PORCO

Il sole stava calando sull'isola di Tenerife, dipingendo il cielo di arancione e rosso, mentre il commissario Alejandro Vargas e il suo collega Ricardo Ortega erano immersi nel loro lavoro. Vargas, con i suoi occhi dallo sguardo penetrante, stava esaminando una mappa della isola con attenzione. Ortega, seduto al computer nell'ufficio di casa sua, in collegamento perenne tramite cam col commissario, monitorava i dati e le segnalazioni.

"Un'altra testa di porco,"
Annunciò Ortega con tono grave. *"Trovata appesa alla porta di un appartamento a Costa Adeje.Il coltello era marchiato con lo stesso simbolo: un sole stilizzato."*

Vargas aggrottò le sopracciglia. *"E questo è il quarto appartamento in due settimane. La banda sta mandando un chiaro messaggio."*

"Esattamente. Ma il vero mistero è perché queste famiglie siano state scelte come obiettivi, forse non sono gli affittuari le vere vittime ma i proprietari!" Esclamó Ricardo.

"Gli affitti turistici sono un problema, ma non giustificherebbero queste azioni violente,"

"Abbiamo bisogno di scoprire chi c'è dietro a tutto questo," Disse Vargas.

"Cominciamo a esaminare i legami tra le vittime.

Il commissario e Ortega passarono la notte a setacciare i registri degli appartamenti e i profili delle famiglie colpite da ingiunzioni di sfratto o mandati via per cambio di contratto di locazione da *"affitto a lungo termine"*a*"vacazionale"*.

Alcune ore dopo, Ortega individuò una connessione: tutte le famiglie avevano in comune un antenato di origine gitana, espulso dalla loro casa. La causa principale era ovviamente gli aumenti esorbitanti degli affitti. *"Credo di avere un sospetto,"* Esclamó Ortega.

"Ci sono segnalazioni di una banda di etnia gitana che ha agito in passato per risse, violenze causate dalla vendetta fra famiglie. I capi di questa banda si fanno chiamare i Vengatori." Vargas annuì.

"Dobbiamo trovarli prima che colpiscano di nuovo. Questo gruppo ha una struttura familiare.

Chi è il capofamiglia che potrebbe orchestrare tutto?"

Ortega consultò i suoi file e trovò un nome: *Manuel Ramírez*, noto per la sua vendetta personale contro i proprietari terrieri. Ramírez è il capo. È stato sfrattato anni fa e ha promesso di vendicarsi su tutti i proprietari di case e appartamenti situati nei luoghi turistici. *"Perfetto. Dobbiamo fermarlo,"* Replicó Vargas.

"Raccogliamo le informazioni finali e prepariamoci per un'operazione." Con l'aiuto delle informazioni di Ortega e delle forze speciali della Guardia Civil, Vargas e la sua squadra localizzarono la base operativa di Ramírez in un vecchio deposito abbandonato di roulotte e camper semi distrutti nella periferia dell' isola, presso il paesino di *Arico*. Nella notte, l'operazione scattò: squadre di polizia circondarono il campo mentre Vargas e Ortega monitoravano le operazioni tramite le comunicazioni.Il raid fu rapido e decisivo.

Manuel Ramírez, sorpreso e incapace di reagire, fu arrestato insieme ai membri della sua banda. Tra le prove trovate, c'erano diversi coltelli da cucina e alcune teste di porco, segno che i crimini erano appena iniziati.

Abbiamo risolto il caso," disse Vargas con un sospiro di sollievo.

"La vendetta di Ramírez è finita.Ora, dobbiamo lavorare per ripristinare la sicurezza e la fiducia tra la gente dell'isola." "Esatto!"

Replicó Ortega, osservando il monitor con soddisfazione.

"Finalmente possiamo riportare un po' di pace."
Con il capo della banda dietro le sbarre e le tensioni diminuite, l'isola tornò lentamente alla normalità, mentre Vargas e Ortega riflettevano sull'ennesimo caso risolto e sulla giustizia ripristinata.

IL CANTO DELLE SIRENE

Vargas si aggirava nervosamente tra le stradine dell Orotava. Le sue scarpe scricchiolavano sui sampietrini umidi mentre rifletteva sulle ultime scoperte. Ricardo Ortega, a casa, stava analizzando i dati, aiutando Vargas a decifrare il caso delle rapine di due malviventi, due giovani balordi che per guadagnarsi da vivere stavano rapinando benzinai e piccoli negozi locali a punta di coltello. Dalle tracce lasciate quasi sicuramente risiedevano nel nord dell isola , proprio dove una mattina entrarono nel molino di Gofio (noto cereale delle isole Canarie) del conosciutissimo *Ciano*, noto per gestire uno degli ultimi molini con macine di pietra dell isola.

I due malviventi (*El Cuco e Panfi*) questi erano i loro alias, s' introdussero nel vecchio molino e chiesero minacciando il vecchio e simpatico Ciano di consegnare tutti i soldi che aveva nel cassetto senza accorgersi che nascosta dietro un sacco di ceci c' era una ragazzina di circa 20 anni (*Maccarena*), che stava assistendo a tutta la scena.

I malviventi erano incappucciati ma Maccarena s' accorse che a uno di loro si impigliò il braccialetto d' oro nella macina.

Quando i farabutti se la svignarono Vargas interrogó Maccarena e frugando nelle macine scoprí una data ed un nome sulla piastra.recuperata dal braccialetto:" *Miriam 29/2/2022* ".

Il vecchio molino peró era rimasto sorvegliato dai due ladroni che videro la ragazzina rilasciare le dichiarazioni al commissario.

La stessa sera la rapirono buttandola legata e imbavagliata su un vecchio furgoncino, guidarono fino al sud e L´ abbandonarono sulla spiaggia di *Armeñime* dove quando fosse arrivata l' alta marea sarebbe affogata sicuramente.

Nel frattempo parallelamente alle ricerche di Maccarena l investigazione della rapina procedeva con la scoperta (grazie a Ortega) del malvivente chiamato " El Cuco" dato i suoi precedenti penali e la nascita della sua figlioletta Miriam.El Cuco e Panfi sembravano sfuggenti come ombre, e il braccialetto d'oro trovato nel molino di Ciano era l'unico indizio concreto. Nel frattempo, Maccarena, cercava di lottare arrotolandosi il piú distante possibile dall' acqua, le onde del mare si avvicinavano minacciose, e la marea crescente sembrava voler reclamare la sua vittima.

Durante le ricerche di Maccarena, Ortega scoprì una segnalazione della Guardia Urbana su un vecchio furgoncino abbandonato a sud dell'isola, ma non c'era traccia di Maccarena.

Quando la notte calò sull'isola, un canto inquietante si diffuse lungo le coste del sud. I suoni, che sembravano provenire dal mare, attiravano l'attenzione della Guardia Costiera. Sembravano lamenti di sirene disperate, e il canto misterioso guidò i soccorritori verso la spiaggia di Armeñime. Vargas, seguendo la pista delle onde e del canto, arrivò in tempo per vedere i soccorritori liberare Maccarena dalle acque. Il suo volto pallido e i segni di terrore erano evidenti, ma era viva. Il commissario sentì una profonda gratitudine mista a rabbia. Se non fosse stato per quel canto, Maccarena sarebbe stata trascinata via dal mare.

Ortega, intanto, rintracciò el Cuco e Panfi attraverso una serie di indizi digitali. I due, ignari dell'imminente arrivo della polizia, si erano rifugiati in una vecchia casa nel nord dell'isola.

L'operazione di arresto fu rapida e decisa. Quando furono catturati, la verità emerse: il braccialetto con il nome Miriam era stato un regalo per la loro figlia, un inutile dettaglio che li aveva traditi. La mattina seguente, mentre il sole sorgeva su Tenerife, Vargas e Ortega ricevettero le notizie delle confessioni dei malviventi e del loro arresto. Maccarena fu ricoverata in ospedale, ma il suo coraggio e la sua forza di sopravvivenza avevano salvato la sua vita. Vargas rifletté sul misterioso canto delle sirene: un evento improbabile, quasi fiabesco che, fortunatamente, aveva avuto un finale felice.

LATITANTI

Sull'isola di Tenerife, il momento tanto atteso era finalmente giunto. Dopo mesi di indagini e di lavoro congiunto, il commissario *Alejandro Vargas* e il commissario *Paolo Patrone* si preparavano a dare il colpo di grazia a una delle operazioni più complesse della loro carriera. Tenerife, meta prediletta di criminali latitanti provenienti dall'Italia, stava per assistere a un'azione che avrebbe cambiato il corso della sua tranquillità apparente.

Il commissario Patrone, da tempo impegnato nella caccia ai latitanti italiani, aveva finalmente trovato il loro nascondiglio ...l'isola. In collaborazione con Vargas e la Guardia Civil, aveva organizzato una spedizione di dodici poliziotti della squadra mobile di Genova, ognuno specializzato in operazioni ad alto rischio. I poliziotti italiani e gli agenti spagnoli avevano lavorato fianco a fianco, e la loro presenza sui lungomari del sud di Tenerife non passava inosservata. L'immagine di uomini in divisa verde con la scritta *"Guardia Civil"* e altri in blu con *"Polizia"* era ormai diventata una costante lungo le coste.

Le indagini condotte da Ricardo Ortega, il brillante collega che operava dal suo ufficio, avevano portato a un punto cruciale. Ortega aveva monitorato telefonate, intercettato comunicazioni e analizzato lettere postali, rivelando un anello debole nella catena di sicurezza dei latitanti: le famiglie dei criminali. Le donne e i bambini, apparentemente in vacanza, erano state pedinate dai poliziotti di *Genova,* permettendo di mappare con precisione i movimenti dei latitanti.

Le informazioni raccolte portarono all'individuazione di dieci criminali, tra cui i famigerati *"Angelo 'u Tozzo,"* *"Ciccio o Spacchione,"* e l'introvabile *"Donna Rosa,"* tutti asserragliati in lussuose ville al sud dell'isola, protette da sofisticati sistemi di sicurezza e vigilanza armata.

Quando una notte di luna piena finalmente arrivò il momento! Le squadre erano pronte per l'assalto simultaneo. L'operazione prevedeva due attacchi coordinati: uno alla villa di *Don Antonio* e l'altro alla villa di Donna Rosa. La strategia era chiara, ma l'esecuzione richiedeva precisione.

Il gruppo di Vargas si avvicinò alla villa di Don Antonio.

Con il cielo oscurato e il mare che lambiva le spiagge vicine, gli agenti si avvicinarono silenziosamente al cancello principale dell'imponente residenza. Utilizzando esplosivi controllati, abbatterono il cancello, permettendo l'accesso alla villa. La reazione dei guardiani fu immediata, ma l'addestramento e la preparazione delle forze congiunte prevalsero rapidamente disarmandoli senza sparare un solo colpo d arma da fuoco. In pochi minuti, i latitanti all'interno, inclusi "Angelo 'u Tozzo" e "Ciccio o Spacchione," furono catturati senza troppe resistenze.Contemporaneamente, il gruppo di Patrone assaltava la villa di Donna Rosa, una fortezza ben protetta. Con le informazioni di Ortega che indicavano un punto debole nel sistema di sicurezza, le squadre entrarono attraverso una finestra laterale. L'assalto fu violento e determinato. Le guardie armate e i membri della banda di Donna

Rosa si dimostrarono ostinati ma la, superiorità tattica degli agenti portò infine alla cattura di Donna Rosa e dei suoi complici.

Il momento culminante dell'operazione vide le due squadre riunirsi all'esterno delle ville.

La tensione era palpabile, i poliziotti italiani e spagnoli si scambiavano sguardi di soddisfazione mentre mettevano in sicurezza i latitanti. La collaborazione tra le forze dell'ordine italiane e la Guardia Civil spagnola aveva trionfato, dimostrando che l'alleanza internazionale era capace di sconfiggere anche le criminalità più organizzate.

Con i latitanti in custodia e la notte ormai avanzata, le celebrazioni delle due squadre di polizia iniziarono, con fuochi d'artificio che illuminavano il cielo. La vittoria della giustizia era sancita non solo dall'arresto dei dieci criminali, ma anche dall'efficace collaborazione tra le forze di polizia di due nazioni.

Vargas e Patrone, nonostante la stanchezza, erano soddisfatti. Tenerife, che era stata il nascondiglio di tanta malavita, aveva visto trionfare la legge e l'ordine.

ARMI SULL'ISOLA?

Tenerife 3 di Maggio.
La temperatura estiva era tesa, come il silenzio che avvolgeva la casa del commissario Alejandro Vargas. Seduto al suo tavolo di legno massiccio, Vargas passava in rassegna i rapporti di routine quando il telefono squillò. Era Ricardo Ortega, il suo fidato collega, che anche se operava comodamente da casa, teneva sempre un occhio vigile sulle operazioni informatiche.

"Vargas, ho una soffiata,"
Iniziò Ortega con la sua voce calma ma seria.

"Ho intercettato una comunicazione tra due noti trafficanti di armi. Sembra che ci sia un piano per far entrare una partita di armi nell'arcipelago." Vargas si rizzò sulla sedia.

"Da quello che ho capito, l'origine è El 'Aaiun Marrocco. La tratta è piuttosto ingegnosa. Stanno usan-

do un'azienda di trasporti via mare di banane e patate come copertura. La spedizione è prevista per domani."
   "Abbiamo già i dettagli della nave o dei mezzi utilizzati?"
   Chiese Vargas, prendendo appunti. *"No, ma ho un'idea del punto d'arrivo"* Rispose Ortega.
   "Hanno menzionato il porto di Santa Cruz come una delle destinazioni finali. Dobbiamo intervenire prima che l'operazione venga completata." Il commissario Vargas chiuse la chiamata
   e si mise subito in azione.
   "Ricardo, organizza una sorveglianza sul porto. Farò preparare una squadra per un intervento immediato." Nel frattempo, Ortega si dedicò a monitorare le comunicazioni e a raccogliere ulteriori informazioni. Non ci volle molto perché scoprisse che l'operazione si sarebbe svolta sotto la copertura della festa della croce, un evento locale apparentemente innocente e religioso ma perfetto per mascherare l'arrivo di una grande quantità di armi. Quando giunse la sera, Vargas e la sua squadra erano già sul posto, appostati tra le ombre del porto di Santa Cruz. Osservarono l'area attentamente, mentre le celebrazioni si facevano sempre più vivaci echeggiando dalla *Avenida Anaga*. La musica e le luci creavano un ambiente ideale per nascondere movimenti sospetti.
   Ortega comunicava costantemente con Vargas, fornendo dettagli in tempo reale. *"Hanno appena scaricato delle casse su un camion. Sembra che siano proprio quelle che cercavamo."*

Vargas ordinò l'intervento. La squadra si divise in due gruppi: uno per fermare il camion e l'altro per controllare il resto del porto. Le operazioni furono rapide e precise. Quando il camion fu fermato e perquisito, all'interno furono trovate le armi: mitragliette, granate e altri ordigni. L'operazione si concluse con l'arresto di 7 Arabi e due ricercati dell'est, che cercavano disperatamente di fuggire.La tensione della notte si sciolse nel sollievo mentre Vargas e Ortega, collegati attraverso la rete, scambiavano commenti sul successo dell'operazione.

"Riccardo, grazie per il tuo aiuto. Senza di te, non saremmo riusciti a fermarli in tempo."

Ortega rispose con una nota di soddisfazione nella voce. *"Ottimo lavoro, Vargas. Tenerife è un po' più sicura stasera."*

Con l'alba che sorgeva sull'isola, Vargas e Ortega erano soddisfatti di aver fermato il carico di armi e arrestato i trafficanti.

Mentre Vargas stava per archiviare l'operazione, Ortega lo contattò di nuovo, questa volta con una nota di urgenza nella voce:

"Vargas, ho appena scoperto qualcosa di preoccupante," disse Ortega.

"Ho analizzato ulteriormente i documenti e ho trovato delle anomalie nei registri della nave.

Sembra che la guardia doganale responsabile del controllo delle merci sia coinvolta nella rete di traffico."

Vargas si irrigidì

"Quale guardia doganale?"

"Il capo della sezione doganale del porto, Enrique Delgado." Rispose Ortega.

"I documenti indicano che lui ha orchestrato l'operazione, assicurandosi che il secondo carico passasse inosservato."

Vargas, incredulo, ordinò una verifica immediata su Delgado.

Dopo un'intensa indagine, emerse che Delgado aveva creato un piano meticoloso per far entrare il secondo carico di armi sotto le mentite spoglie di una spedizione di forniture mediche. Senza perdersi d'animo, Vargas e la sua squadra organizzarono un intervento diretto.

Arrivarono al porto di Santa Cruz giusto in tempo per assistere a una scena di confusione:

Delgado era già in fase di trasferimento delle merci verso un magazzino sicuro. Vargas e la squadra lo arrestarono sul posto, trovando conferma del secondo carico di armi all'interno di uno dei container che avevano fatto passare sotto il radar.

Con Delgado in manette e il secondo carico sequestrato, l'operazione si concluse con successo. Vargas e Ortega, nonostante la stanchezza, si scambiarono un sorriso soddisfatto.

La minaccia era stata neutralizzata e l'integrità delle istituzioni locali preservata.

I due brillanti investigatori si prepararono a tornare alle loro routine, sapendo di aver concluso un capitolo cruciale nella loro lotta contro il crimine organizzato.

L'ULTIMO CANTICO
(a Lula)

L'isola di Tenerife era avvolta nella calima che ammorbidiva i contorni delle sue montagne. Era un tipico pomeriggio di fine estate quando il commissario Alejandro Vargas ricevette una chiamata urgente al suo ufficio. Un furto sacrilego era avvenuto nella chiesa di *San Francesco d'Assisi* a *La Orotava*, e la situazione stava rapidamente degenerando.
    Vargas si recò immediatamente sulla scena del crimine.
    Lì, tra i resti di preghiere e candele consumate, la chiesa era deserta, ma il segno del sacrilegio era evidente: le sacre reliquie erano state trafugate, e i simboli religiosi erano stati deturpati. La sensazione era di una profanazione ben oltre la semplice rapina.

Ricardo Ortega, il fidato collega di Vargas, ricevette l'ordine di avviare una verifica informatica su qualsiasi attività sospetta che potesse collegarsi al furto. Nonostante la sua immobilità fisica, la sua mente era agile come sempre. Mentre Vargas si occupava delle indagini sul campo, Ortega monitorava i flussi di dati e le comunicazioni. *"Commissario"*

Esclama Ortega tramite il suo monitor, *"Ho trovato un messaggio criptato su un forum nascosto. Sembra che ci sia una discussione su un culto che venera il creato e i suoi elementi."* Vargas sollevò un sopracciglio.

"Un culto? Che legame potrebbe avere con i furti?"

Ortega continuò a scrutare i dati.

"Il messaggio menziona l'ossessione per il 'Fratello Sole' e la 'Sorella Luna'. Inoltre, c'è una lista di chiese e luoghi sacri sull'isola che sembrano essere nel loro mirino."

Le informazioni di Ortega aiutarono Vargas a comprendere che il furto non era un caso isolato. I ladri non stavano rubando per denaro, ma per un significato più profondo, un rito oscuro che mirava a profanare il sacro in nome di una devozione contorta verso la natura e il divino. La scoperta di Vargas e Ortega fu confermata la notte successiva, quando un'altra chiesa, quella di *Santa Maria del Socorro*, fu colpita. Le reliquie sacre erano sparite, e al loro posto erano stati trovati simboli pagani disegnati con polvere di ossidiana. La scena del crimine era un mosaico inquietante di immagini sacre deturpate e scritte criptiche. Una delle scritte recitava: *"Solo la verità del creato può riscattare l'anima."*

Il duo investigativo scoprì che il culto aveva una serie di scritti antichi che descrivevano l'importanza di*"purificare"* i luoghi sacri attraverso la distruzione e il saccheggio, in nome di una visione distorta del *Cantico delle Creature di San Francesco*.

Le indagini portarono Vargas e Ortega a un gruppo di ambientalisti estremisti che avevano interpretato il messaggio di San Francesco come un comando per *"salvare"* la natura attraverso la distruzione delle reliquie religiose, considerandole come simboli di oppressione.

Il culmine della loro indagine fu una sparatoria nella cappella di *San*

Francisco, dove i membri del culto erano intenti a completare il loro rituale finale. Vargas e Ortega riuscirono a intervenire in tempo, arrestando i colpevoli e recuperando le reliquie rubate. Il culto aveva cercato di combinare la venerazione della natura con una distorta interpretazione del sacro, dimenticando.

LE DUE BOMBE

Il sole era ormai calato dietro le montagne di Tenerife, ma il commissario Alejandro Vargas non riusciva a scacciare la sensazione di angoscia che lo attanagliava.

La tensione era palpabile nella sala operativa, illuminata solo dalla luce fredda dei monitor. Al suo fianco, il suo collega Ricardo Ortega, con il volto concentrato, navigava tra le informazioni provenienti dal sofisticato sistema informatico che aveva installato nella sua casa.

Ricardo era sulla sedia a ruote, ma la sua mente era acuta e veloce.

La notizia delle due bombe- test, una su *Gran Canaria* e una su *Tenerife*, aveva scosso profondamente la Spagna. Il gas letale che le bombe potevano liberare minacciava di mettere in ginocchio entrambi gli arcipelaghi, e il governo era sotto pressione per evitare una catastrofe.

Ortega aveva finalmente ottenuto l'ultimo tassello mancante del puzzle: un messaggio di un terrorista pentito aveva rivelato che la detonazione delle bombe sarebbe avvenuta tramite un segnale radio trasmesso da un ripetitore recentemente installato sulla montagna della *Palma*.

Vargas e Ortega sapevano che il tempo era essenziale; ogni secondo che passava era un rischio crescente per la vita degli abitanti delle due isole. Il commissario, con le mani nervose che tamburellavano sulla scrivania, parlava al suo collega tramite il comunicatore.

"*Ricardo, quanto tempo abbiamo?*"

"*Al massimo due ore,*" rispose Ortega, la voce tesa ma ferma. "*Se il ripetitore viene attivato, le bombe esploderanno simultaneamente. Dobbiamo agire subito.*"

Vargas annuì, cercando di mantenere la calma. Il dilemma era grave: salvare Tenerife, la sua casa e il luogo dove aveva trascorso gran parte della sua carriera, o sacrificare Gran Canaria, una scelta che avrebbe portato a una terribile perdita di vite innocenti ma avrebbe potuto preservare la propria isola. Ogni opzione aveva un prezzo alto. Con un gesto deciso, Vargas si mise in contatto con l'esercito spagnolo.

"*Dobbiamo colpire il ripetitore. Ho bisogno di un piccolo missile telecomandato, preciso e senza danni collaterali. Non possiamo permetterci di rischiare.*"

L'esercito rispose prontamente. In pochi minuti, un drone armato di missile fu pronto al decollo. Vargas e Ortega seguirono l'operazione tramite le telecamere del drone, i cuori in tumulto. Il volo del missile era silenzioso e teso. Quando colpì l'antenna, un'esplosione controllata distrusse il ripetitore senza causare ulteriori danni.

Vargas e Ortega espirarono, consapevoli di aver guadagnato tempo prezioso. Con il ripetitore fuori gioco, le bombe non avevano più il segnale necessario per esplodere.

Il successivo giorno, la notizia del fallito attacco terrorista si diffuse rapidamente. I nostri protagonisti furono decorati con la medaglia al merito per il loro eroico intervento. La cerimonia si tenne a Gran Canaria, dove ricevettero anche la chiave dell'isola come massimo onore. Il capo della Guardia Civil, con uno sguardo deciso, si avvicinò a Vargas. *"Commissario, considerando il successo delle vostre missioni e l'efficacia nel 'ripulire' Tenerife, c'è una richiesta ufficiale, dovrete trasferirvi con la vostra squadra a Gran Canaria per continuare il vostro lavoro qui."*

Vargas e Ortega si guardarono.

La richiesta, sebbene forzata, sembrava il naturale proseguimento del loro percorso. Con un cenno d'intesa, accettarono il trasferimento.

Mentre si allontanavano dalla cerimonia, Vargas rifletté sulla nuova sfida che li attendeva. L'eroismo non finiva con il successo di una missione, ma con il continuo impegno per la sicurezza e la giustizia.

"Continua..."

INDICE:

1) Il silenzio del vento (prefazione)..........................111
2) Le ombre del lebbrosario...115
3) Delitto al concerto...119
4) L´ultimo turista..123
5) Il piano di Ucanca...129
6) Orrore sulla spiaggia..133
7) La romeria..137
8) Il cavalluccio marino...141
9) Suicidi...145
10) Parricidio..149
11) Inferno sull isola..151
12) Il bimbo scomparso..155
13) Il camper..161
14) La corsa sadica...165
15) La casa rotonda...171
16) La Dea della fertilitá..175
17) L´app..179
18) Teste di porco..183
19) Il canto delle sirene...187
20) Latitanti..191
21) Armi sull`isola?..195
22) L´ultimo cantico..199
23) Le due bombe..203